闲花草

陈滞冬——著

NEWSTAR PRESS
新星出版社

图书在版编目（CIP）数据

闲花草 / 陈滞冬著. -- 北京：新星出版社, 2025.
4. -- ISBN 978-7-5133-5904-7

Ⅰ. I267.1

中国国家版本馆 CIP 数据核字第 20241RG739 号

闲花草

陈滞冬 著

责任编辑	汪 欣	**特约编辑**	赵清清
选题策划	姜 淮	**责任校对**	刘 义
装帧设计	冷暖儿	**责任印制**	李珊珊

出 版 人	马汝军
出版发行	新星出版社
	（北京市西城区车公庄大街丙 3 号楼 8001　100044）
网　　址	www.newstarpress.com
法律顾问	北京市岳成律师事务所
印　　刷	北京汇瑞嘉合文化发展有限公司
开　　本	660mm×970mm　1/32
印　　张	6
字　　数	82 千字
版　　次	2025 年 4 月第 1 版　2025 年 4 月第 1 次印刷
书　　号	ISBN 978-7-5133-5904-7
定　　价	58.00 元

版权专有，侵权必究。如有印装错误，请与出版社联系。
总机：010-88310888　传真：010-65270449　销售中心：010-88310811

目录

前言	1
一 玉兰	23
二 牡丹	39
三 桃花	57
四 海棠花	75
五 梨花	95
六 紫藤	111
七 芭蕉花	125
八 深山含笑	139
九 紫桐花	155
十 梅花	169
后记	186

前　言

人生一世，草木一秋。

庚子年春节前后，瘟病突发，人世间疫情汹汹，一时风声鹤唳，草木皆兵。因思《老子》云："挫其锐，解其纷，和其光，同其尘。"乃以退为进，息交绝游，闭门不出，是为临此大疫唯一安身立命之策。

居家无聊，没事找事。翻出多年前留下来的空白扇形卡纸，因其形制，由着思绪，想到哪儿就画到哪儿，画成了二十二幅着色花卉，忽然兴尽，于是搁笔。

这二十二幅作品，画了二十二种中国庭园里常见的花卉。其花所产地域不分南北，而以成都地区为主；其画所用技法，以勾勒填彩为主，而参以少量没骨淡色。

所画各种，不参范本，均仅凭记忆一一写出，然植物学上的外形、结构与品类种属，绝无差舛，自信经得起植物学家最严格的审视；又说是想啥画啥，但还是有意地避开了中国文人画家常常操弄的题材，如兰草竹石之类，以免自己不经意间又陷入前人习以为常的窠臼里面去。古人称写文章的要诀为"唯陈言之务去"，其实作画亦未尝不是如此？

然而，世之重于绘画者，又必不仅止于此。中国艺术，首重象征。象征者，"状难写之景，如在目前；含不尽之意，见于言外"者也，既是一种文学手段，也是一种艺术手段。而所谓"不尽之意"，其意旨之所指向，又有内外之别。外向所指，可及于世间一切事物，而内向所涉，则仅及于个人内心之情感波澜与思想涟漪。然正如康德所说，人之内心，实较之广阔星空更为深邃浩渺。因此，其外指似无限而实有限，其内指则似有限而实无限也。

一边画画，一边胡思乱想。"人生一世，草木一秋"这八个字，忽然间涌上心头。个体生命具有不可重复的唯一性特征，因此乃显其珍贵，而任何生命在此唯一性上的等同，乃使"众生平等"这一理念背后的价值较量显得合理。

不过，话虽如此说，毕竟人非草木，孰能无情？老子云："太上忘情。"但那是圣人的事，与我辈凡夫俗子似乎没有关系。值此人类大难临头之际，生离死别的现实在人间随时随地加速上演，王羲之云："生死亦大矣，岂不痛哉？"于此之时，几乎所有的人都会被自然的力量所震慑，几乎所有的人也都会因行走在生死的边缘时回眸凝望，更加深切地感受到生命的珍贵与美丽。

中国花鸟画的特异之处在于，它充分揭示出了人类关注弱小生命的单纯同情心。这一同情心，其实是人之生命特异于其他生命的独特品质，也是人之得以为人的基本要素之一。只有中国花鸟画家才会在艺术中夸张地显示世间芸芸众生的美丽、优雅与脆弱，夸张地展现花花草草、鸟兽虫鱼在特定时空中活生生的形色与姿态。

在中国传统文化中，中国花鸟画的这一倾向，与中国诗歌中所表现出来的中国诗人对待包括花鸟虫鱼在内的弱小众生的特别关注与同情如出一辙：全世界没有哪一个文化系统的诗人，用诗的形式吟唱了那么多花鸟虫鱼的颂歌，也没有哪一个文化系统的画家，用如斯优雅柔美的笔触创造了那么多花鸟虫鱼的形象。古代中国文明是对大自然最心怀善意的文明。中国诗人、艺术家对于世间弱小生命的关注、爱怜与欣赏，是中国传统文化底层性格中最为柔软、最为高贵，也最容易为现代人所欣赏和理解的部分。

传统中国文学和艺术的这一内在性格倾向，显然与中国农耕文明的早熟及其长时间保持高度发达的状态有关。古代中国的文化人——诗人、艺术家、官僚和僧侣，都是由农耕文明所养育的人群中诞生的最优秀的精神生产者。他们所创造的文化能量，又反过来哺育和滋养了传统中国社会的精神境界，使得这个社会以更加友善和温软的态度来对待大自然和人类。

古代农耕文明中产生的对于大自然、自然物乃至所有生命的由衷爱怜、欣赏甚至崇仰的生存态度，经由儒家文化的包容与提升，在思想的层面上被固化下来，成为中国传统文化最重要的精神底色之一。

也许，中国文化对待生命的态度，在很大程度上是由大自然——也就是中华文明所赖以繁衍、生存的独特自然环境所造就的。

中国人数千年来繁衍生息的东部亚洲，在植物地理上被公认为是这个星球上唯一得天独厚的地方。在这片地形多变的广袤土地上，自古以来就生息着世界上品类最多的植物群。在中国境内，目前已发现的植物种类超过三十万种，其品类之丰富、数量之众多，是世界上其他任何地区都无法与之相比的，即使把欧洲大陆与美洲大陆所有的原生植物种类加在一起，也远远不及中国所拥有的那么丰富、那么多彩。

大约十亿年前，这些古老的植物种群也曾经遍布整个北半球温带地区。距今四亿年前后，由于地壳板块运动，造成喜马拉雅山脉和青藏高原的隆起，阻挡了南部海洋北上的暖湿气流，横断山脉南北向的峡谷又使南方的暖湿气流进入青藏高原以东的地区，给植物物种的迁移和聚集开辟了新的场所。

大约四千五百万年前，地球气候开始逐渐变冷，到了距今约二百五十万年前的第四纪冰川时期，自北极蔓延而来的巨大冰盖毁灭了欧亚大陆、美洲大陆的大部分植物。但是，在这段漫长的时期，反复的冰川作用并没有完全覆盖整个东亚大陆，暖湿的气候也明显地减轻了冰川的影响。在青藏高原及以东、黄河流域及以南这一华夏民族生息繁衍的地区，大量的古植物种群被保存下来，没有被第四纪冰川期严酷的环境变化所毁灭。

华夏民族的先辈们也没有辜负造物主情有独钟的厚爱。在发育甚早、延续时间极长的中国农耕文明下充分发展的农业技术，使中国人在植物栽培上拥有过人能力。中国人不仅针对生存所必需的谷物、蔬果、树木发展出了高度发达的选育改良技术，还将中华民族独特的审美意识深深渗透于植物栽培技术中，使最近数千年间出现了大量被选育改良而成的观赏植物。

这些中国独有的观赏植物，以及中国人对于观赏植物持久而特殊的热情，在十七世纪之后给欧洲人以巨大的震撼，引发了欧洲人长达二百多年的植物引种热潮。迄于今日的结果是，在欧洲及北美的花园中，至少有九成左右的观赏植物其原生种都源自中国，或者是引种、选育改良中国古人已经改良过的观赏植物。在第四纪冰川期，于东亚避风港中幸存下来的北温带古植物种群，于十七世纪之后，以人工引种的方式，重新回到欧洲、北美的花园之中。

公元初年前后，中国人几乎同时拥有了两种全新的宗教信仰，之前那些流传多年、纷繁复杂的各种信仰迅速被取代。通过丝绸之路东传而来的佛教，主张世界是虚幻、变动不居、不可捉摸的，不仅人自身是虚幻的，人与世界的关系更是虚幻的。中国本土产生的道教，相信世界是真实的、物质的、可以探究的，因而人作为物质世界的一部分是实在的，人与世界的关系也是实在的，可以把握的。

这两种不同的哲学理念，导致中国人有两种不同的人生态度，以及两种不同的生活方式可以选择。佛教以虚幻的人生面对虚幻的世界，仿佛梦中说梦，色、声、香、味、触各种感觉都有充分变换的空间，中国人的艺术禀赋在这里会得到长足的鼓励。然而，从人对待世界的态度来讲，一个虚幻的世界是不可改变的，因而也是坚硬的、固化的，只能从虚幻的角度来进行观照，只能以疏离的态度来体味与感悟。所以，佛教的所有精进都是内化的，都是精神性的，也都是虚拟的。

道教认为世界的真实性是可以把握的，甚至可以通过人力的干预而加以改变乃至改良。这一思想给中国文化各门类都带来了巨大的创造性能量。譬如，以养生所为代表的天赋生命可因人力的参与而加以改善的思想；

以中医为代表的疾病是生命系统的失序，可以人为纠正的思想；以植物栽培技术、植物性状改变的选育技术为代表的人力可以改善自然物的思想；以都江堰水利工程为代表的自然界可因人力的改造而更有利于人类生存的思想等，都出自道家哲学的启示与指引。中国科技史研究专家李约瑟甚至认为，古代中国文化所创造的科技成就，其思想根源都可以追溯到道家哲学中去。

公元初年之后，中国人对于植物栽培与改良的兴趣与能力，在道家思想的鼓励下迅速发展。公元四世纪初，音乐家、哲学家嵇康之侄孙嵇含撰成《南方草木状》三卷，收录介绍岭南地区的植物，分草、木、果、竹四类，凡八十种。这是全世界成书最早的纯粹植物学著作。

公元五世纪开始，中国人对于观赏性植物的兴趣越发浓厚，各种关于植物的记载、专著不断出现，对观赏植物的改良得到重视，改良技术也迅速发展起来。

在中国早期农耕文明中主要出于食用和药用的目的，有意识地对栽培植物进行有针对性的性状改良。出于观赏性目的对栽培植物进行改良甚至培育出纯粹观赏性植物，是较后来才发展出来的技术。

观赏植物改良技术的发展，与另一件能够反映出中国人善待自然的事情息息相关，这就是中国的造园艺术。

自公元前四世纪就开始出现的皇家园林，代表了中国文化独特的造园意识的先声。此后，在自己雄伟的住宅旁边建立供私人享受的园林，给自己提供一个缩小版的、虚拟的也即具有象征意义的、人造的自然环境，并借以获得精神的抚慰，成为历代豪贵权势之家经久不衰的文化活动。到公元七世纪时，造园成为时尚，唐朝的东西两京——长安与洛阳已经遍布私家园林。有记载说，东都洛阳的私家园林已达一千多处，据估计，长安城内外的私家园林也比洛阳少不了多少。

造园在古代中国迅速发展成为一种综合了建筑、绘画、观赏植物改良、环境营造等多种门类的艺术创造。支撑起中国古代园林建设与观赏植物改良培育的哲学理念如出一辙：承认人类社会的发展会逐渐割断人与自然的联系，生活在滚滚红尘中的人们借助与自然的亲近，以缓解日益复杂的社会给个人带来的紧张感，观赏自然之美会令这种焦虑得到抚慰；同时，自然的本性与人类的审美需求难免会有不协调，但这种不协调的关系可以通过人为的参与而得到改善。

经过人工改良其自然性状使之更具审美价值的观赏植物，其最直接的去处就是当世豪贵的私家花园。几乎与园林艺术的长足发展同步，对观赏植物的改良在七世纪以后也取得了极大的进展。这一方面的成就，可以以原本仅供药用的野生牡丹为例，人们运用选种、嫁接等技术持续进行人工改良，控制其性状的改变，使其最后成为纯粹的观赏植物。

在公元七世纪以前的各种文献中，牡丹一直作为药用植物被记载。直到今天，中国人仍然认为牡丹的根和皮是重要的中药材，可以治疗血液方面的疾病，长期在中医临床上使用，因此，牡丹仍然被大量地栽培。

公元六世纪末七世纪初，河北冀州向隋朝皇帝进贡了二十箱牡丹花，这是历史记载中最早将牡丹花作为观赏植物来看待的事迹。自此以后，中国文人和豪贵阶层对于牡丹花的爱好似乎突然被激发出来了。

到了七世纪中期，牡丹花作为观赏植物，已经成了当时豪贵人家的私家花园中最受欢迎的明星，且被赋予了尊贵、昌盛、财富与幸福等象征意义。与此相应，自七世纪中期开始，作为纯粹观赏用的庭院植物，新的牡丹花品种不断被培育出来，最优秀的新品牡丹成为当时富豪权贵之间相互炫耀和馈赠的奢侈品。

这种风尚历整个唐代（618—907年）而不见衰减，而且自此之后，对于牡丹花的欣赏与养育，包括利用芽接、授粉等技术来人为制造植株的性状变异，并加以人工控制的栽培活动，成了中国园艺技术的一个重要门类。而欣赏人工栽培的园艺牡丹花的习惯就此延续下来，几乎成为贯穿古今、历千年而不衰的文化传统。

现在还能见到的最早的描绘牡丹花的绘画，出现在唐代壁画中，晚唐时期甚至出现了以牡丹花为主题的壁画。值得注意的是，这些壁画上植株高大、枝叶舒展、花朵繁复巨大的牡丹花都是人工栽培的品种，而并非当时仍在广泛种植的药用野生种。人工培育的纯粹观赏植物牡丹花被从药用牡丹中分离出来，几乎变成了完全不同的另一个物种。中国画家精细地描绘植物，创造了花鸟画这样一个独特的画种，但他们从一开始就更加关注人工培育的观赏植物，而非野生的植物。画家关注观赏植物不同于自然植物的形状特征，这种艺术眼光不仅仅是受到了唐代文化风习的浸染，也深刻地影响了在公元十世纪迅速成熟的花鸟画。

作为与山水画、人物画鼎足而三，在中国绘画传统中属于一大门类的花鸟画，从最初的形成甚至其先天的历史遗传中，就蕴蓄了某种理想主义的因子。花鸟画艺术看起来是关注自然物、关注自然界弱小生命，其实关注的是经过人工改良的自然，是比自然更为符合人类理想的自然，是经过人类精神投注因而与人类更为接近、更为亲切的自然。这一点，与中国山水画所描绘的对象并非是真实的自然山水，而是文人心目中的神圣山峰的说法，在思想上源出一脉。

自唐代开始，中国观赏植物栽培技术得到了长足的发展。仍以牡丹花为例：古代中国可资利用的原生种牡丹大约有五种（直到今天，这五种原生种牡丹仍然能在中国西部山区中找到）；北宋时代（十一世纪初），文学家欧阳修记录了当时的栽培牡丹九十多种，其中他亲眼所见经过人工改良的庭院牡丹品种多达二十四种；到了十一世纪末，周师厚所记载的已超过一百零九种；而根据南宋诗人陆游在十二世纪后期的记载，仅四川彭州一地的栽培牡丹不见于欧阳修所记的品种就多达六十九种。

人工改良的观赏植物最初出现时激发了中国花鸟画

家的创造力，随着观赏植物改良技术的发展，层出不穷的新品种却并未完全限制花鸟画家的创作注意力。花鸟画一旦形成自己独特的创作机制以后，作为中国绘画的一大艺术门类，它在创作手段上坚持的象征、隐喻、表现和虚拟等艺术原则，使它保有了相当独立和无可替代的独特艺术发展轨迹，超越了观赏植物栽培技术发展所创造的成果。

花鸟画从观赏植物改良活动中受到的启发是多方面的，其中就包括自然生命是可以改善的、生命的美是可以被夸张并能够被吟味与欣赏的。生命被美化、真实世界的虚拟化、自然物所处现实时空的抽象化、平凡生活的诗意化、通过虚拟与象征造就的有限生命在艺术上的永恒性暗示等，自始至终都是中国花鸟画崇奉的信仰。

因此，似乎是对自然界生命体做微观、切片式观照的花鸟画，又从来都不是某一种真实存在的花花草草、鸟兽虫鱼的真实写照，它总是要求从对具体的自然物象描绘中，反映出生命的可贵与脆弱、优美与短暂、艰难与欢欣等不可究诘的矛盾，以及这种内在矛盾关系所形成的张力，从而婉转地展现出画家作为创作者的精神境界与文化立场。

十二世纪前期，由于有了宋徽宗这样一位崇奉道教的皇帝身体力行的引领，十世纪时才在技术和思想上都趋于成型的花鸟画迅速发展到了它的巅峰状态。不过，这一时期的花鸟画通常被误解为"写实主义"的产物。这种相当肤浅的看法，不仅是对传统花鸟画的误解，也说明了中国人在艺术审美感觉上的日渐迟钝与思想的模式化。对于更加精致、细腻、优雅的审美情感的漠视，使独特的审美感受日益被现实生活所磨损而趋向于平庸。

然而，有趣的是，几乎与宋徽宗同时而略早，文学家苏轼提出了文人关于绘画的独特主张，这些主张基本上可以被认为是"写意主义"指导下的艺术原则。后来，由这些基本原则发展出一套文人画理论，而这种被认为是新锐思想的艺术主张很快就赢得了文人的热情支持。从后世研究者的立场来看，这种差不多可以被称为"反绘画"的绘画理论，是受到了佛教禅宗思想的浸染、支撑和鼓励。

自公元初年佛教传入中国之后，中国文人获得了一套新的抽象概念和词汇，极大地拓宽了中国人思考世界的方式和角度。不过，似乎直到公元七世纪，文人吸收了传统道家思想中的某些因素，创造出中国式佛教禅宗以后，中国人才心安理得地使用起那些外来的概念和词汇，并得心应手地将其运用在传统中国艺术中地位最尊崇的形式——书画艺术的改造之中。受到影响的首先是书法，尤其是唐代的狂草；其次是山水画，尤其是晚唐的泼墨山水画；最后是形成于五代时期的花鸟画，尤其是十一世纪开始出现的文人花鸟画。

苏轼一反传统花鸟画中人与自然之间以心观物、心物对立的关系，倡导另一种心物交融、以物观心的关系，创立了文人画游离于物象之外、以心灵创造的真实来否认人们现实中亲眼所见物象的客观真实。我之所以会说文人画是一种"反绘画"的绘画，就是指其在艺术原则上采取了与传统绘画完全相反的角度和姿态来提出自己的理论。

当然，你也可以认为苏轼不过是在玩弄语言技巧，甚至是强词夺理，毕竟他自己的绘画就没有、其实也不可能完全遵从他自己提出的绘画原则。但是，这一理论的独特魅力在于，苏轼之后的文人画家遵从他提出的那些原则，创造出了前所未有的作品。这一点与二十世纪西方现代派绘画颇有神似之处，都是先有理论，后有实践，在后来无数创作者的艺术实践中逐渐完善了新理论的不足，弥补了新理论明显的疏忽与漏洞。

绘画作为造型艺术，其基本的艺术语言就是艺术家创造的形象，只要不是抽象绘画，那么绘画中的造型就只能是源于自然物象的启示。

但是，文人画是如何以藐视、忽略自然物象为其立论的基础，构建起令人信服的绘画语言系统呢？按照文人画理论提出者的最初设计，这种全新绘画形式的艺术语言体系的构建材料，完全由书法的线条——点划、运转、提按等一系列独特用笔技巧控制而成的笔触，即遵循书法艺术规律而形成的笔痕所构成。

但是，书法艺术的线条可以说是所有人造之物中最为主观的东西：利用用笔技巧在纸上留下的笔痕可以有无穷的变化形态，其间的优劣高下并无客观的评判标准，几乎完全由书法家群体约定俗成乃至书法家个人的主观感受来决定。正因此，文人绘画艺术的高下优劣，也几乎完全由艺术家的主观感受来判断。

绘画本是人类目光向外部世界投注、在视线与自然物象交集的一瞬间产生印象，而此印象反转过来通过人的脑与手，投注于画面上而创造出的艺术形象；但在文人画中，形象的诞生完全成为内生的精神活动，自然物象仅仅成为名义上的借口。它之所以还需要这样一个借口，而没有完全摒弃物象，是文人画除了书法的线条之外，还必须借助于诗歌——也就是语言文字的力量来开掘其象征意义的深度与广度，而只有借助于自然物象，哪怕只是名义上的借助，才有可能找到通往诗歌的幽径。

其实，文人花鸟画最重要的成就是把中国花鸟画家目光投注的方向反转过来，从关注自然转而关注内心，这无疑为花鸟画的表现力增加了一个前所未有的维度。

然而，本来是为中国花鸟画带来新境界甚至带来解放的文人画理念，却反而给自己带来了束缚与局限：过于依赖文人内心的绘画，仿佛是患了自闭症的孩子，基本上算是自话自说的表现，拒绝了被理解的可能性，过分自我中心的内视体验拒绝了大自然丰富且层出不穷的生命形态为发展艺术造型语言所提供的各种有待发现的体验。文人花鸟画过度符号化、过度象征性的笔触往往依靠观赏者主观的解读，并常常由这种文学化的解读来赋予其艺术上的意义。

但是，这种解读随着这一独特艺术的日益内化性发展，对于观赏者的要求也日益严苛，不仅要求观赏者在文化、思想上的素养愈来愈高，也要求观赏者对文人画的传统要超乎寻常地熟悉。这一切变化都促使文人花鸟画日渐变成一种孤芳自赏、曲高和寡的艺术形式。同时，其标置甚高的艺术理想与技巧反过来造成滥竽充数的伪文人画艺术家越来越多，至成泛滥之势。十七世纪中期以后，真正理解这一艺术原则并熟练掌握其技术表现手段的中国花鸟画家，其实已经非常少见了。

不过，彼人之毒，此人之肉。中国花鸟画经过了文人画思潮的洗礼之后，在艺术上显然获得了更为灵活地处置人类心灵与大自然关系的能力，毕竟文人画的思考方式给中国花鸟画的艺术视域整整增添了一个维度。只是这些思想资源在文化上一直是分裂的，要到十九世纪以后才开始被现代中国花鸟画整合起来，甚至直到今天，这种整合仍然没有最终完成，其内在的艺术能量也还没有得到充分的发挥。

虽然如此，自花鸟画这一门类艺术诞生以来，浸润其中的那份对待自然的温情与敬意，以及作为其底蕴的中国文化对于自然的友善与平和态度，仍然使这一独特的中国艺术自始至终都散发出温润的光辉。

我们常常会说，是人创造了艺术，但从另一个角度看，也可以说是艺术创造了人类。我确信，中国人利用花鸟画在漫长的历史中创造了无数人间未见之美，而花鸟画之美也塑造着中国人的心灵，塑造着中国文化的精神，塑造着中华民族的性格与气度。

人生一世，草木一秋。公元初年以后就在中国思想中慢慢植根的众生平等理念，在对个体生命的唯一性及不可逆性的理解与感悟上，真切地叩问着中国人敏感的心灵。年年岁岁花相似，岁岁年年人不同，花花草草年复一年地生长，貌似的周期性令人误解了植物生命的唯一性。其实，人类眼中的春草年年绿，对于植物来说，也是一辈一辈的更替，与人类的一生一世，恰好相似。

佛教所说的生命的轮回，被大多数人误解为是生死之际即刻的转世，其实释迦牟尼说的是人生一世，万劫难回。一劫是多长时间呢？自天地诞生以来，直到天地毁灭，谓之一劫。一万劫时间有多长？没有人知道。据现代物理学家的估计，我们现代人呼吸的每一口空气中，也许有三个来自苏格拉底身上的分子。人的肉身以分子的方式重返大自然，独特的生命形式想要重新聚合，就算有万劫的时间恐怕也难。

所以，对于世界上与我们共存的那些哪怕是弱小、平凡的芸芸众生，也取尊重、欣赏、爱怜与赞美的态度，应该是人生最伟大的功业。更何况正是因为有了世界上千姿百态的芸芸众生，自我的生命才免去了孤独与寂寞；正是因了芸芸众生的滋养与供奉，自我的生命才得以存活，才得以经历、感受、理解这个纷繁多姿的世界。

何曾几时，疫情在全球蔓延，势头有增无减。如果说在平常的日子里，人类是因为忘掉了死亡才能活下来，那么，死亡现在换装成了具体的病毒，时时都在每个人的身边周旋，我们不知道它什么时候会突然扑到自己身上。我们害怕它，是因为没有哪个人真正经历过死亡，也证明我们都还活着。现在继续活下去的我们都假装它并不存在，故意忘掉它，也许是因为太故意了，它反而显得离我们更近。

中国花鸟画家也可能是最早故意忘掉死亡的人。他们的画笔从不指证死亡，而总是指向死亡的反面，尽管那反面所显示的生正如古人所谓"如白驹之过隙"，一晃就没有了。花鸟画家执着于相信死亡并不会来，甚至假装它并不存在，这给我们荒凉的人生带来了一丝温暖的慰藉。

加缪说，人的"一边是生，一边是死，在这两种美之间的，是忧郁"。花鸟画家敏感到生死的对峙，但他们总是看着死亡却转过身去面向着生。因为生是柔弱且易逝的，因而花鸟画从本质上说是忧郁的。花鸟画能带给我们的生的慰藉，是人生极难遇到的温软与友善，也是人生最值得珍视的偶遇。

边画边想，由着思绪越跑越远，想的都是与这些花卉没一点关系的话头。先就此打住，还是说说这些花卉以及它们背后的故事吧。

玉

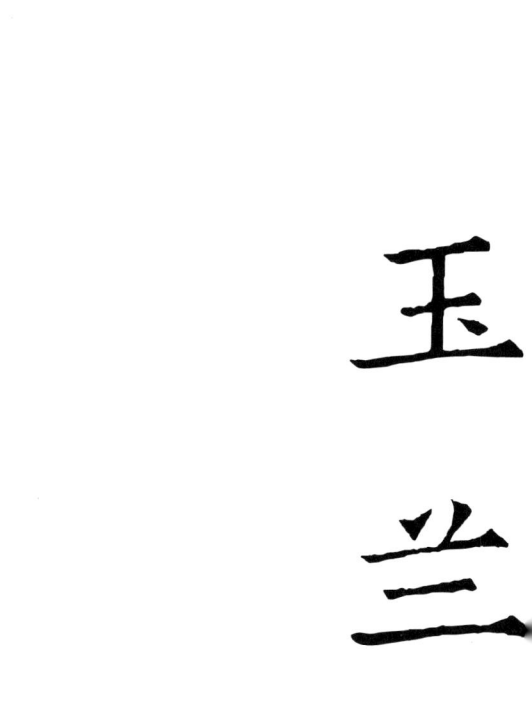

兰

玉兰 56×28cm 纸本 2020年

翠条多力引风长。
庚子新春,
小碧落馆玉兰开候。
滞冬

曾经有位文学青年对我说,最能打动他的场景是,在一座荒废已久的古庙的断垣残壁间,忽然偶遇一株盛开的白玉兰花,正不知寂寞地向周围放射出它灿烂的光辉。

玉兰花在植物学上被归为木兰目木兰科玉兰属,是一种古老的植物,在第四纪冰川期的严寒中,很多品种都躲在东部亚洲的角落里幸存下来。木兰花的颜色多变,从深浅不同的紫红色到纯白色都有,在传统中国园艺家心目中,最看重的是纯白色的品种,专门给它起个名字叫"玉兰",以形容其花瓣颜色莹洁如玉。绝大多数木兰花的野生种都多少带有一点紫红色,因此,我颇怀疑这种自古以来就在中国庭园中占有重要地位、其色洁白如玉的木兰花是一种古老的经人工培育改良的园艺品种。

那位文学青年的感慨颇有道理。这种在早春时节树叶尚未长出前整棵树就开满纯白花朵、十数年间就可以长成高大乔木的优雅植物,似乎自古就与佛教寺庙有点关系。唐文宗李昂(809—840年)的宰相王播(759—830年),曾写下有名的《题木兰院》,诗云:

三十年前此院游,木兰花发院新修。
而今再到经行处,树老无花僧白头。

这首诗虽然不如李白《静夜思》("床前明月光")那样可以称得上"脍炙人口",但在喜欢唐诗的人中却几乎无人不知。原因是这首诗给学诗的人提供了一个简洁的范本,示范出在短诗如七绝这样有限的篇幅中,如何营造诗意。前两句说"三十年前"或"当年"如何如何,后两句说"而今"怎样怎样,利用前后时间的差异产生对比,引发类似于孔夫子"逝者如斯"的感慨。人生世间,无论时间流逝抑或年华老去,都是最能打动人心的话题。在此结构之上,再加上具体意向的着意装点,就比较容易营造出诗意的境界。

这种手法后来几乎成为定式,有无数的变体。如详前略后者:"当年走马锦城西,曾为梅花醉似泥";或详后略前者:"而今秋色无人问,留得残萤照海棠"。但万变不离其宗,其间暗含的都是这种以时间流逝为背景来提示人生无常的手法。

差不多与王播同时的诗人崔护(约772—846年)写有一首著名的《题都城南庄》,也用的是这样一个架构:

去年今日此门中,人面桃花相映红。
人面不知何处去,桃花依旧笑春风。

这两首诗遣词用句都明白如话,既无生僻不识之字,亦无古奥难懂之典,情绪单纯,句法流畅,令人读罢也随着作者的思绪感慨顿生。古人说写诗是"作"诗,可知诗意的表达技巧还是很重要的。

白玉兰花很早就引起了花鸟画家的注意,绘画中常见有其形象,但专门作为一幅画的主题来处理,还是要到明代(1368—1644年)才逐渐被画家所重视。明代晚期江南经济发展迅猛,私家园林的兴建也迅速在豪贵中流行开来。画家文徵明不仅把他家的厅堂以"玉兰堂"命名,还专门画了以玉兰为主题的大幅作品。晚明画家陈洪绶更以工笔重彩的形式,格外夸张地表现玉兰花莹洁如玉的品质在视觉上的独特魅力，对后来的画家有相当重要的启示。

近代画家中长于画玉兰花的当推于非闇、晏济元，尤其是于先生画的玉兰花花朵巨大、色泽厚重，虽然是纯白的花瓣，却别有一种富丽华贵之气悠然扑面。我年轻的时候见惯了成都园艺家特别推崇的"青底版白玉兰"，这种优良园艺种在通常玉兰花瓣根部沁红的地方绝无一点红，仅泛出淡淡青色，令花瓣的白色更为晶莹。总觉得于先生画的玉兰花瓣巨大纯白无一丝杂色是艺术夸张太过，看起来花瓣有绒布剪成的感觉，不免有点牵强附会之嫌。

有一年早春，我因事滞留北京，朋友们相约去西山大觉寺看那株著名的古玉兰。大觉寺始建于辽，明末毁于兵火，后几经重修、扩建。清康熙五十九年（1720年）再次重修，雍亲王推荐迦陵性音法师任住持。重修完成后，在新建的四宜堂中，迦陵禅师种下了这株据说是从四川移来的玉兰。这样算来，这株玉兰花的树龄已经超过三百年了。

1934年4月，朱自清约陈寅恪、俞平伯同游大觉寺赏玉兰花。他们站在树下，望着高大的枝头缀满了盛开的玉兰，吃惊得说不出话来。朱氏后来有诗说当时的感受是"上帝一定在此地，我默默等候抚摩"。

这株古玉兰树在北京非常有名，据说，二十世纪五十年代至六十年代的每年早春三月，当地的广播电台都要在新闻中播报这株玉兰花开放的消息。我走进四宜堂院中看到这棵正在开花的古树时，瞬间被它满树洁白的千花万蕊惊得目瞪口呆。古树主干树皮苍裂，径近一尺，虬屈纠曲，粗大的枝丫高与檐齐。花奇大，花瓣纯白肥厚，质感绵柔，仿佛是用蚕丝织成的锦缎剪裁而成。我忽然想到于非闇先生所画的玉兰花，其形态、质感与韵味，应该就是得自这株古玉兰花的启示。

四宜堂院子并不大，这株古树独占了院中的大半空间，因为树高，而玉兰花朵又都是开在枝端，人在院中立于树下仰首而望，自觉满天都是玉兰花放射的璀璨光芒。

院中在白玉兰树的对角，还有一株紫玉兰，也是奇品。其花瓣狭长，宽不及白玉兰花瓣的二分之一而长度相似，外侧前端白色，根部紫色，愈上紫色愈窄，到三分之一处收束成一缕淡紫直冲瓣端。此花花瓣之态尤为妖娆，盛开时纷披若舞蹈，以其一花双色，人呼为"二乔"。有介绍中国园艺花卉的书上说，二乔木兰花是十九世纪以后，欧洲人用得到的多种中国木兰花原生种杂交而成，但眼前这株双色紫玉兰花的树龄至少也在三百年以上，可见那种流传甚广的说法不一定靠得住。

那一次看了玉兰花后，好多年都没再去。有一年事先安排了眼线，在花开时报告我。接到电话后订了机票，最终还是俗务拖住没有成行。近几年听说这株老树已有些枯窘了，马上设法从网上弄来照片，果然其上半已因枯悴而被截去，旁枝倒是努力往上长，但数百年的古物不知还能坚持多久。本来今年是铁了心要去看花的，谁知又遇上疫情，只好寄希望于明年春天了。

王播所写《题木兰院》诗共有两首，第一首明白如话，第二首的意思就有点幽微了。诗云：

上堂已了各西东，惭愧阇黎饭后钟。
三十年来尘扑面，而今始得碧纱笼。

第一首《题木兰院》因有着第二首所隐含的故事，才更显得意味悠长，而第二首因牵连到个人曲折的身世而比第一首更加沉郁苍凉。

大觉寺玉兰 250×120cm 麻纸本 2018年

戊戌秋仲玉山堂作
陈滞冬

这几句简单诗句背后的故事，说来话长。

太原人王播少时随父迁居扬州，因家贫而好读书，有一段时间曾在住家附近的佛寺里"依僧为食"。古代中国的寺庙接受富贵人家的捐赠，同时也会赈济周围贫苦无告的下层贫民，起到减缓社会矛盾的作用。

唐代中期以后，科举制度逐渐完善，通过科举考试选拔官吏成为制度性的国家行为，这给出身下层的读书人提供了一个直接进入政府管理阶层的捷径。王播出生时已届唐代中期，社会上对于选择读书出仕这一人生道路的文化人也早已具备了相当的理解与宽容，谁知道这些看起来落魄的年轻人中哪一位会忽然鱼龙变化，转眼就成了万众敬仰的高官显宦了呢？

但是，年轻的王播在寺庙蹭饭吃的时候，却遭遇了一场精心策划的羞辱，令他终生难忘。

唐代中期，佛教寺庙的清规戒律已经很成熟了，寺庙的僧人基本上过着一种集体生活，各种集体活动都以鸣钟击鼓为信，全寺僧人按时功课、斋饭、劳作、诵习。不知道穷家子弟王播与寺庙的当家人发生了什么过节，或许寺中的大阿阇黎（"阇黎"是梵语译音，意为僧人之师）本来就是一个心胸狭隘的人，对王播长期蹭饭感到厌倦,又不便当面拒绝,于是就用了一个小计,让王播知难而退。

寺庙里斋堂开饭以钟声为号,寺僧闻声上堂吃饭是惯例。一天,王播闻钟声而去的时候,发现寺僧们都已经吃完饭散去了。原来寺庙的当家人已经改饭前鸣钟为饭后鸣钟,借以拒绝王播。这个小动作虽然颇为下作,但却实实在在让王播感到了羞辱。不过,福祸相倚,后来王播刻苦用功,中进士入官场,一路官运亨通。他在官场上飞黄腾达、激励进取的姿态,说不定也是由"饭后钟"的一击所致呢。

王播在唐德宗贞元十年(794年)考中进士以后,仕途一直很顺,到唐宪宗(805—820年在位)时,官至盐铁转运使,掌管国家财政。可能这时他正好经过当年寄食的寺庙,听说官居高位的王播要旧地重游,寺庙的当家人赶快把墙壁上王播当年留下的墨迹扫去灰尘,郑重地加上碧纱装饰保护起来,王播有感于此,写下了著名的《题木兰院二首》。他久经官场,自然懂得有人要蹭热点的道理,所以诗是写了,感慨也发了,就是不提寺庙的名字,只说是"木兰院"——一座种着玉兰花的庙宇。

但他诗中说的"饭后钟"这件事,却就此流传开来,成为贫穷落魄的文人遭受冷遇的代名词,为后世的文学家如北宋苏轼、孙觌和清代赵翼等人所沿用。再到后来,甚至民间戏曲中讲到文人落魄故事时,也往往用到"饭后钟"这个典故。

民间常说"戏上有,世上有",意思似乎是生活作为艺术的唯一来源,比艺术所能表现出来的那一部分在丰富性上还要多出许多。王播与玉兰花的纠葛,到他写了这两首诗以后本来就该结束了,但令人吃惊的是,此后发生的事情居然让所有的人都大感意外,且时至今日也仍然让人很难理解。

王播年轻时刻苦用功读书,考中进士时年已三十二岁,此后从地方官一路做到中央大员,官声很好。因他毕竟是草根出身,知道民间疾苦,加上为人正直,为官清廉,精明能干,处事果断公正,且写得一手好书法,流传至今的唐代碑刻中,至少有两通出自他的手书,在中国历史上,简直是一个清官范本。他在盐铁转运使任上重游木兰院写诗时,差不多已在官场干了二十多年,人也有五十多岁了。

但就在这时候,他受到当朝宰相的排挤,在元和十三年（818年）被远派到四川去做剑南节度使。既受到权相的排挤，又想到年轻时遭受的冷眼，也许就是在这个时候，王播感到自己一生的坚守都没有太大的意义，历史并非是由个人的努力来写成的。到治所成都以后，王播居然一改以前的做派，从此大肆贪赃枉法，行贿受贿，聚敛财富，结交权贵，靠金钱交易打通官场关节，尤其着意结交皇帝身边的近臣。不过，这些当年因为接近皇帝而权势熏天的人物早已灰飞烟灭，其中只有柳公权因书法得以传其名。

很快，王播的贪腐就弄得四川地区民怨沸腾，但是因为门路畅通，他不仅没有受到责罚，反而不久就被调回中央，在十年时间内两度出任宰相。一个人为人行事风格前后相差之大判若云泥，留给后世人们的，真是只有惊愕。前二十年政声卓著，政绩班班可考，后十多年劣迹累累，官运亨通，让人如何评价？乃至后来苏轼说，当年敲响饭后钟的那个大阿阇黎，还真是有点识人的眼光呢。

唐文宗太和四年（830年）王播病逝，享年七十二岁，皇帝为之辍朝三日，这在当时可以说是无上的荣耀。不过，人世间所有的荣耀都是人家的事，终究只有生死才是自己的事,弥留之际,王播能否依稀看到木兰院里的那一树白玉兰花,仍然散发着玉洁冰清的光辉呢?

牡

丹

泼墨紫牡丹 56×28cm 纸本 2020年

艳色天下重,
西施宁久微。
王摩诘句,
移以题此。
庚子春初,
滞冬

只作为观赏用的庭院品种牡丹花几乎完全是一种人工创造的植物。从七世纪中期开始,至今一千数百年间,中国人持续不断地投入大量的人力物力,把原来并不引人注目的小灌木、通常被作为药用植物来栽培的牡丹,改造成了花形花色各不相同、变种多达数百种的纯粹庭院观赏植物的牡丹花。

差不多从七世纪后期起,随着唐帝国进入鼎盛时代,牡丹花就成为当时豪贵之家庭院中观赏植物的明星。这种风气显然与唐王朝作为当时世界上幅员最辽阔、国力最强大的国家并且创造、积累了巨大的财富有关,也与当时的权贵、富豪乃至皇帝因特殊审美需要因而积极地参与和推动有关。尤其是七世纪末八世纪初在位的女皇武则天,更是在唐初欣赏牡丹花的时尚中起到了推波助澜的作用。

唐王室对牡丹花的欣赏与改良,对唐代社会审美时尚的转移产生了巨大推动,与十六世纪以后土耳其与荷兰王室对郁金香的喜好、法国与英国王室对薰衣草的喜好一样,改变乃至重塑了欧洲人的审美经验,推动了欧洲人欣赏趣味的转移。这都是传统社会中,统治阶层的艺术欣赏趣味深刻影响社会下层、重塑和转移社会下层审美趋向的最好例子。

当然,一千二百多年前唐王室的喜好引领了欣赏牡丹花的风气,以及随之而来的对于观赏植物栽培技术的改良与发展,在深刻地影响了中国人的审美意识转化、艺术欣赏趣味的塑造、艺术欣赏品类指向的开拓等方面,简直是开创了中国审美经验的新领域,塑造了传统审美观念的新境界。这种境界,则是十六世纪之后欧洲皇室借商业文化之力,鼓煽对郁金香、薰衣草的喜好所起到的文化塑造作用所远远不能比拟的。

从古代中国人审美经验演化的角度看,唐代上层人士对于牡丹花的狂热爱好差不多是突然爆发的。天宝元年(742年)考中进士的诗人柳浑(714—789年),出身于齐梁以来的高门大户,后来成为唐朝重臣,历任要职,做过唐德宗的宰相,去世后得以图像凌烟阁,也算是唐代的豪贵之家了。他传世仅有一首诗,诗名《牡丹》:

> 近来无奈牡丹何,数十千钱买一窠。
>
> 今朝始得分明见,也共戎葵不校多。

他看到当时的社会状况是,牡丹花作为顶级奢侈品在豪贵之间流行,市场上要卖到几万钱一株。在他的眼中,这种著名的富贵花不也就和通常所见长在道路边自生自灭的蜀葵花差不多吗?柳浑为人质朴,说话善用俗语,就是在朝廷上与皇帝对话也是如此。诗里说的"不校多"大概是当时的民间口语,意思大约是"差不多"。

柳浑去世时,大诗人白居易(772—846年)年仅十六岁,他后来写有著名的《买花》诗,说到当时两京豪贵对牡丹花的爱好,在数十年后仍然一丝不减。唐代社会当年突然爆发的对于牡丹花的狂热爱好,曾经令柳浑十分不解,但到了白居易的时代,整个社会对这种豪贵人家竞相夸耀的奢侈行为,已经习以为常了。

白居易《买花》诗说:

> 帝城春欲暮,喧喧车马度。
>
> 共道牡丹时,相随买花去。

贵贱无常价，酬直看花数。
灼灼百朵红，戋戋五束素。
上张幄幕庇，旁织笆篱护。
水洒复泥封，移来色如故。
家家习为俗，人人迷不悟。
有一田舍翁，偶来买花处。
低头独长叹，此叹无人喻。
一丛深色花，十户中人赋。

这恐怕应该是唐代中期长安、洛阳两京城中牡丹花市场的真实写照。有人用《新唐书·食货志》中所记当时钱帛间的折算比值计算了一下，白居易说的这株开了上百朵深红色花朵的牡丹花，价值约八万钱，确实相当于十户中产人家一年的赋税。

白居易诗中的说法并非诗人的夸张，与他几乎同时的学者李肇在其名著《国史补》里也说："京城贵游，尚牡丹三十余年矣。每春暮，车马若狂，以不耽玩为耻。"豪贵人家是买花、占有花，普通人家是看花、欣赏花，白居易说"花落花开二十日，一城之人皆若狂"，这简直就成了一种社会文化活动。

在这样崇尚奢靡的风气之下,观赏植物牡丹花成了顶级奢侈品,奇花异卉层出不穷。掌握了牡丹改良栽培技术的人,则纷纷"种以求利,一本有值数万者"。这种以炫富为目的而赏花,也算是唐代社会文化的一大奇观。但是,唐人的好尚未免多少有些土豪气。就牡丹花来说,他们最看重的似乎只有两点:其一是花朵多,如白居易所说,一株可多到上百朵;其二是花色深红,愈深愈贵。这种审美倾向,无论怎么说,都显得有点粗豪之嫌吧?

晚唐人康骈作于乾宁二年(895年)的《剧谈录》一书中记述了一个故事,也许是作者道听途说而来,但却恰好可见当时人欣赏牡丹的态度。虽说唐时举世皆重牡丹,然而真正有能力拥有名品奇花者,除了豪门大族之外,就是道观佛寺了。毕竟,在中国传统社会中,最能长期与权势接近而又可以免除祸患的人,除了皇亲国戚,其余则非佛道中人莫属了。所以,当时爱花、赏花的普通人,通常会在花开时去佛宇道观游览寻芳。

话说会昌年间(841—846年),长安名刹慈恩寺东廊院种有白牡丹,甚为有名。当时在朝廷任职的几位文人慕名来访,置酒赏花,闲谈中说道:"今举世都爱牡丹，亦是奇事，但天下牡丹有色者，除了浅红便是深紫，从来未见有深红者。"院主老僧在座，应声微笑说："怎么会没有？只是诸君未见而已。"一听老和尚这话中有话，诸人立即追问，居然到晚上也不离开，反复纠结云："上人这话中有话，肯定是曾经在哪儿见过。希望领我们去看看，今年春游之愿也就圆满了。"老和尚只好推说是曾经在他处偶一遇见，其地较远，并非在京城内外，一时不可见到。但是这几位在朝为官的文人不依不饶，纠结不已，一夜未睡，直到天明。

老和尚推托不掉，只好说："诸君既然如此热爱，我也就不隐瞒了。但你们得发誓不对外泄露此事，我们今天才可以同看此花。"几位朝士指天设礼，誓言此后终身不言及此事。于是老和尚起身，引他们进入一间小佛堂，佛像后有木板墙壁，外面有帐幕遮掩。揭开帐幕，开启暗门进入，乃一小院，另有小佛堂两间，设施华丽雅洁。院周围廊庑下有柏木围栏，围住院中牡丹一株，主干高大，枝叶婆娑，满树开放殷红牡丹，估计有千朵之多。其时朝日初上，阳光照耀，宿露未晞，红霞灿烂，烘光暖玉，炫耀心目。几位朝士惊叹赞赏，流连忘返，直到傍晚时分，才恋恋而去。

宋人畫牡丹有佛頭青花之異蓋也其種七元傳於世蓋唐宋時花户養花以色相誇尚故牡丹之新品屢見疊出四百年間竟過百種安知此不復見於他日耶 癸巳夏再記 悲盦

宋人画牡丹有佛头青,花之异品也,其种今不传于世。然唐宋时花户养花,以色相出新为尚,故牡丹之新品层见叠出,四百年间竟过百种,安知此不传之品不能重见于他日耶?

癸巳夏并记　滞冬

彭州牡丹谱·佛头青牡丹　65×65cm　皮纸本　2013年

过了两天，有当朝政要的子弟带着几位亲友来慈恩寺游览，到东廊院与老和尚喝茶聊天，周旋良久。临走时，命仆人奉上一大包裹，外面包以黄帕，说是茶资。老和尚送客出门，几人又邀他到曲江岸边，于草地上设席而坐，继续聊天。

忽然，有几个慈恩寺的小和尚飞跑而来，说是来了几十个人，手持各种器具，径直入院，来挖掘那棵殷红牡丹花，根本拦不住。老和尚听了，也不言语，只是埋头叹息。座中诸人，也不说话，皆相视而笑。

老和尚只好起身返回到寺门，正见数十人抬着巨大竹箩，装着刚挖出来的带土的红牡丹花，出门呼啸而去。为首者对老和尚施礼说："听说贵院有此名花，我家中人都欲一见。不敢预先告知，恐师父难于割舍。刚才奉上之黄帕包裹中有黄金三十两，蜀茶二斤，聊为酬谢。"

这算是巧取还是豪夺呢？恐怕是二者兼而有之，黄帕包裹暗示这群人与皇室有关，而其中黄金三十两，也算是待老和尚不薄。唐代豪贵喜欢赏花到了如此境界，不能不说与他们的审美能力恰成正比——粗豪二字或许正好可作评价。

据作者康骈说,这是乾宁年间(894—898年)他在慈恩寺浴堂院赏白牡丹花时,听寺僧振常所讲的会昌年间发生在慈恩寺里的旧事。以唐人记唐事,想来也许并非全是捕风捉影,向壁虚构,且其事如许诡异奇豪,虽已过数十年时间,其间容有藻饰增华,故神其说之处,但反映出来的唐代豪贵赏牡丹花的横豪意气,是很得其神似的。

到了晚唐时期,整个社会的审美风尚都在慢慢地向细腻、优雅转化。譬如在绘画方面,关注自然的宏大目光渐渐收束投注于细小的花鸟虫鱼的细致描写上,乃至开始出现类似超级写实主义的对于自然物的精细摹写;人物画则从历史、宗教、政治题材渐渐转移至对现实生活中妇女生活细节的精准描绘;文学上,从关注社会宏大题材的有韵诗歌中,开始蜕变出更多关注个人隐私、个人内心隐秘情感的内容,并出现了与之相适应的新体裁——词。

这一切,其实都是拜社会审美风尚的转化所致:一个富有、文明、浪漫、情感充沛的大国,在经历了反复的社会动荡之后,在理想主义的社会风习被战争反复折损消磨之后,幸存的文人理应将豪迈的目光收回来,更多关注现实人生，更多关注身边的细小物事，更多关注个人内心的波澜。艺术思想上理性、精致、优雅的源起，或许正在于此。

中国人对于牡丹花栽培与欣赏的审美趣味，也在晚唐五代时期（九世纪末叶到十世纪）发生了重大变化。唐代人狂热地喜好牡丹花，但他们看重的，如前所述不外乎花多色艳，这与唐人在艺术审美上倾向于豪迈、华丽、富艳的一贯作风非常合拍。但是，在北宋时代对牡丹花审美的艺术倾向充分表现出来以后，再反观唐人的牡丹花审美狂热，会觉得无论如何都未免显得土豪气十足。

北宋建国以后，唐代的东都洛阳仍然保持着栽培和欣赏牡丹花的中心地位，只是因为北宋建都开封，位置更在洛阳以东，所以北宋时代俗称洛阳为西京。东都时代，牡丹花愈是植株高大、花朵多、花色深红，愈是受到玩家的追捧。但是，到了西京时代，追求的都是单花的花头大、花色奇、花形多变。显然，西京时代对于牡丹花的欣赏趣味更为细腻，更为精致。不过，为了满足这种欣赏趣味的改变，对于牡丹花栽培技术的要求也会更高：人工干涉植物形态变异的程度更深，人为控制观赏植物形态变异的目的也更明确。

北宋时期的大文豪欧阳修（1007—1072年）著有《洛阳牡丹记》，是世界上第一部记述、研究栽培和欣赏牡丹花的专著。根据他的记载，十一世纪时，人工培植的观赏牡丹花，其花型已有单叶（单瓣）和千叶（重瓣）的区别，其花色已有黄、肉红、深红、浅红、朱砂红、白、紫、先白后红等。根据他的见闻所及，当时人因牡丹花的颜色与花型不同而命名的牡丹花品种已达九十多种。晚于他的周师厚《洛阳牡丹记》中所记，牡丹花品种已多到一百零九种。

牡丹花特异品种的培育需要投入大量的时间、精力和财力，在唐代就有"弄花一年，看花十日"之说，因此被视为一种特殊的财富和权力的游戏，也反映出当时社会财富积累的丰厚程度。因为牡丹花花型、色彩的差异而造就了如此众多的品种，其工作显然是相当细致且繁复的，可以看作宋代文人特殊的审美意识对于牡丹花栽培技术渗透的结果。

当然，这也反映出了某种社会需求。宋代的社会上层人士把对牡丹花这种奢侈品的好尚作为一种炫富手段，充分说明当时社会财富的极度集中，以及富豪之间需要有某种共同认可的消费手段，以便与其他阶层相区别，这一点与唐代富豪阶层的认知是完全相同的，只是其品位和审美标准被雕琢得更为细腻、精致和高雅了。

由于北宋时代花鸟画的长足发展，现在我们还可以见到当时的绘画中留下了不少牡丹花的形象，尤其是有些使用接近超级现实主义的写实画法所描绘的牡丹花形象，至今仍然栩栩如生，好像是把北宋时代某个暮春时节转瞬即逝的时光，神奇地用画笔固定了下来。此外，当时有记载说"士庶无贵贱皆赏花"，普通人有普通人赏花的方法，现存的宋画中，就有街头小贩在头上戴一大朵牡丹花的形象，这也算是一种街头实录吧。

宋皇室南迁杭州以后，也许是审美对象移易，也许是豪贵阶层对奢侈品的兴趣转移，也许是牡丹这种原生于江淮的北方植物不大习惯南方的气候与水土，总之，南宋时代，人们对于牡丹花的热情突然消退，仅止在少数条件适宜的地方还保持着这种古老的习尚，依然有类似于东都、西京时代对于牡丹花的狂热爱好。

靠近四川地区首府成都的彭州，在南宋时代成为观赏植物牡丹的重要养殖地区。当时因为其地风俗有对于牡丹的狂热爱好，尤其成都豪贵爱花赏花的习惯与唐宋洛阳极为类似甚至大有过之，因此号彭州为"小西京"。

四川从公元初年以后，历汉、唐、宋一千多年，一直作为中央政府重要的赋税来源地，经济素称发达，首府成都自古以来侈靡之风盛行。当时在都城的那些豪贵之间盛行的游戏，传到成都往往变本加厉。

南宋诗人陆游（1125—1210年）十二世纪末期在成都为官六年，有感于成都豪贵赏花、彭州花户养花之风颇与唐、北宋时的洛阳相近，仿欧阳修著《洛阳牡丹记》的做法，写成了《天彭牡丹谱》。据他自己说，当时彭州所种的牡丹变种，欧阳修所记亲眼所见的二十四种差不多都有，因此略去不记，只记下当时最著名的特有品种六十五种，合计下来，也差不多有近百种了。

南宋以后，经过宋元、元明之间的多次战争，中国社会长期积累的财富似乎被过度消耗了，人们对生活的热情也随着财富的流失而迅速地冷却下来。到了明清时代，除了财富和权力极度集中的皇室，对于普通人来说，唐宋时期曾经轰轰烈烈喧嚣甚久的社会时尚、豪奢侈靡的民间风习甚至是富丽雍容的艺术风格，似乎都成为一种遥远的梦想，只能供人缅想凭吊了。

观赏植物牡丹花虽然依旧存在，在一些专业人士的圈子内甚至还有很大的发展（1911年统计，观赏牡丹的变种有名目者已多达三百种左右），但作为一种被社会大众共同认可，甚至可以被视为文化凝聚物的观赏植物牡丹花，却再也无法像唐宋时期那样引起全社会的关注，乃至如明星一般存在于普通民众昂首仰望的目光汇聚之处。

明清时代，皇权专制制度更形严酷，皇亲国戚与达官显宦的生活与普通民众的差距更大，栽培赏玩牡丹花这种奢侈的游戏也离民众愈来愈远。虽然明清时期在观赏植物栽培技术上仍然颇有进展，奇异品种也在增加，但在普通民众之中，却往往只把这种传奇式的植物视为财富与权力的象征而已。

在花鸟画题材上，从明代开始，作为一种绘画意象，牡丹花被明确地作为"富贵"这一社会价值判断的象征物来使用。同时，还与玉兰花、海棠花一起，利用"玉兰""海棠"的谐音，作为"玉堂富贵"的吉祥题材，被大多数文人画家反复操弄。到了清代，蒲松龄《聊斋志异·葛巾》中的牡丹花，则已经幻化为神仙眷属，成为普通人遥不可及的神圣之物，存在于仙凡相隔的幽暗不明之处，与人们曾经在生活中朝暮相对的观赏植物牡丹相比，早已不可同日而语了。

桃
花

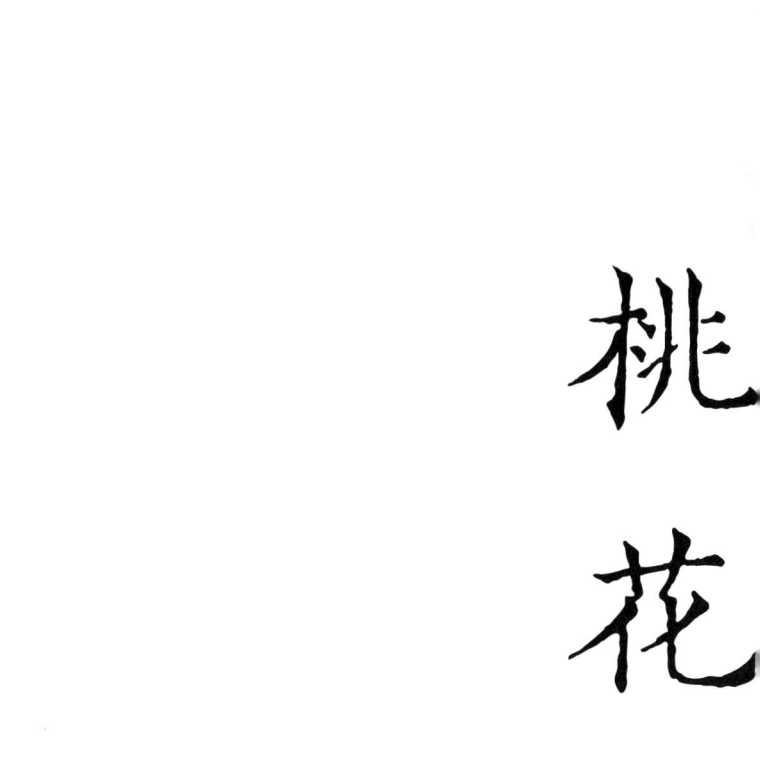

白桃花 56×28cm 纸本 2020年

得绥山一桃,虽不得仙,亦足以豪。此蜀中古语,至今解人难得。

滞冬

桃之夭夭，灼灼其华。

之子于归，宜其室家。

……

这是一首公元前十一世纪至前六世纪的古诗，那位不知姓名的作者注意到，桃花盛开时，如火焰般灿烂的桃红色会在三月的阳光下舞蹈。他写下这首诗歌，以春日中灿烂的桃花，祝福年轻的嫁娘新婚幸福。

植物能够结出可供食用的果实和种子，应该是古人最早关注到的事实，等到他们能够欣赏植物的开花之美，并以之形成语言意象来谈论和表达对于世间其他事物的情感，可能已经是对这种植物非常熟悉之后的事了。

根据现代人的研究，桃和杏这两种同属蔷薇科李属的植物，很有可能是华夏先民用野生植物驯化而成的最早的果树，在这片土地上已经被栽培了数千年之久。在传统文化中，桃和杏都被认为是与道教甚至道教之前的神仙信仰有一定渊源关系的植物，这也许就与它们都是最古老的栽培植物因而与古代中国人保持着更长久的联系有关。

与杏相比，桃的名声更大，它的经历也比杏更曲折复杂一些。据估计，栽培种的桃（包括食用桃与观赏桃）现在多达三千种以上，在我国约有一千种。

从很早的时候起，食用桃与观赏桃就被分成两个种类来培养。野生的山桃、毛桃至今在西北、西南、华北、华中的山区随处都可以见到。其花小而多，花蒂紫红，花色白中略带一点淡红，远望丛丛如雪，近看则平淡无奇。

但是，经过改良的栽培种，即使是食用桃，开的花也比山桃大许多。桃花单瓣五出，花瓣柔薄多皱，具有一种特殊的淡粉红色。这种红色在其他植物的花上很难见到，为此，古人创造了一个专门的词"桃红"来称呼它。

观赏桃是经人工改变性状的赏花植物，它的花在形态与色彩上的变化很多。形态上多是复瓣与重瓣，有些品种的花瓣繁复得像是人工裁剪而出的一个花球，已经看不出原来桃花的特征了。古人给观赏桃花专门起了一个名字叫"碧桃",以此来与食用桃花相区别。

大约在唐代,对桃花的观赏性培育就已经很成功了。留存于今的北宋时代写实主义的绘画作品中,碧桃的形象非常多样,色彩也很丰富,有深浅不同的桃红、红白相间、绯红、紫红、纯白、带浅绿的白色,甚至有花开时白色、快要凋谢时变成粉红色等,是当时的画家非常关注的题材。成都的庭院中有一种碧桃,一棵树上粉红、纯白两色花朵同时开放,加上碧绿的新叶,人送雅号"三学士",每年初春都会在料峭的轻风中释放出十二分的热情。

碧桃很逗人喜爱,但是我却觉得它长得太过矫情,人工的痕迹太重,所以从来没有画过这种早春开放的妖艳花朵。

我最喜欢画的桃花,是观赏桃花中很特殊的一种单瓣白桃花。一般的庭院栽培种花卉,花型多是复瓣、重瓣,颜色也多偏向艳丽,但这种白桃花应该是在某种很特殊的审美理念支撑下,被着意培育出来的。白桃花单瓣五出,花瓣比普通桃花更大,颜色雪白,花瓣根部与花蒂相连处狭长,从正面会看到桃花心周围露出花蒂碧绿的颜色，花蕊劲挺细长，花药粗大，色泽娇黄。

我年少时的审美情感被这种白桃花击中，并不是因为看到了真花，而是看到了明末陈洪绶画的一幅白桃花。在那幅不大的画面上，一枝孤零零的白桃花斜斜地伸展，只有两朵盛开，其余不多的新叶中夹杂着几朵半开、未开的蓓蕾。当时我觉得这不是人间实有的花朵，应该是从画家冷静而诡谲的想象所产生的幻觉里生出的枝叶孕育而成。

多年来，那开在我心中的白桃花不断重现，我不断地用画笔追寻那心中的幻想。直到四十年后的一个春天，我在一位朋友的私人庭院中闲逛，忽然就在路边一株低矮的小树上看到了真实的白桃花。我怔怔地看着这朵突然在我面前盛开的桃花，一时间竟分不出它是真是幻，是虚是实，是当年陈洪绶精准地描画了它，还是几百年间它按照陈洪绶描绘的样子长成了眼前的现实。自从那天以后，我就再也没有去过我朋友的那座花园。迎面撞见自己的梦总是一件很诡异的事情。

1966年夏天，我刚上初中不久，社会上就已经开始有"破四旧"的说法了。那些其实始终都没有弄清楚什么算"四旧"的普通人，已经整天热情高涨地疑神疑鬼、东猜西想地议论纷纷,看哪家有什么他们认为是"四旧"的东西。

一天中午,母亲一进家门就径直走向长年摆放在我家客厅中靠墙的桌子上那匹差不多有一尺高的唐三彩陶马,双手抱起来,转身出去站在家门外,一脸平静地举起陶马使劲往地上一摔,哐啷一声,那匹棕红色的三彩马顷刻间变成了一地碎片,红红白白地在夏日明亮的阳光下闪闪发光。正站在院子荫凉的角落里交头接耳的邻居们突然都不说话了,一脸诧异地看向我妈转身进屋的背影。午饭时,一家人都不说话,小孩子们低声交流,匆匆吃完饭赶快从桌边溜走。

那天下午,母亲带我去一位长辈家中。一进她家门,我就看到书桌旁边的墙上挂着一幅画,画上一枝白桃花在陈旧的绢地上静静地开放,散发出耀眼的光芒。我只觉得有一道孤迥的响声划破沉寂,久久回响。她们说了些什么我完全没听到,眼前只有那几朵白花,耳中只有那一声清响。

那天以后,社会上突发事件越来越多。渐渐地学校里也混乱起来,到后来,我们连学也不用上了。

1968年底,我开始跟陈子庄先生学画。有一天,师兄罗巨白拿出一小卷黄黄的纸卷,郑重地对我说:"这是我临摹的明代陈老莲画的白桃花。"一见那画我大吃一惊,居然正是我两年多前见过的那幅白桃花,只不过是画在纸上,没有了原来的题字,变成了全新的版本。

罗巨白遗憾地说:"原画用的是车渠粉,我用的这个白色没有它白。"原来,1966年底某单位举办"破四旧成果展览",展示抄家得来的"四旧"物品,罗巨白在凌乱中发现了这幅画。他买香烟贿赂看守,下班后借出来连夜临摹,第二天早上再还回去。一夜未睡的他仔细地、反复地勾摹全画,给我看的这一幅还对照着上了颜色。

后来,我照着这件摹本画了无数次白桃花,直到今天,仍然可以不看画稿,一笔不落地背临出整幅画来。从此以后,我在任何地方看到任何桃花,都觉得太过俗艳,直到数十年后,在朋友的花园中看到真正的桃花时,我才如梦方醒。

不过,像我一样把桃花完全理解成纯粹白色的人并不太多。自古以来,桃花那独特的艳丽的桃红色正是人们被它吸引的理由。

生活于公元四世纪末五世纪初期的诗人陶渊明，把他理想的农业乌托邦设置在一条开满桃花的山溪尽头，写下了著名的《桃花源记》。从此以后，那个藏在现实世界之外，一片"桃花林，夹岸数百步，中无杂树，芳草鲜美，落英缤纷"背后的隐者世界，引发了中国文人的无限遐想，"岸夹桃花锦浪生"（李白），被桃花的桃红色渲染的江水，不断勾引起人们对于和平的隐逸生活的向往。

陶渊明把桃花这种与道家神仙传说颇有些渊源的植物，与隐逸者无政府主义式的政治诉求结合起来，使得神仙、隐逸这两大类型的古代思想在四、五世纪时开始合流。从此，仙、隐在中国文化中慢慢变成了一对互生的概念，让凡仙皆隐、非隐不仙的理念几乎成了中国人的共识，使得避世隐居非但不能说是一种消极的生活态度，反而成了在精神上积极进取的象征。

桃花源作为一种精神指向的符号，呈现出皇权专制时代文人精神乌托邦的色彩。在那一片桃红色的烟霞烘明背后，掩藏着文人无奈与无助的心情，在陶渊明之后的一千多年间，一直都是文人可堪凭借的精神休憩之所。

与文人十分重视桃花被赋予的精神性象征不同,普通人则更在乎其作为一种仙家之物的实际功用。自古以来,尤其是道家服饵之术盛行以后,桃花就被作为一种仙药,成为道家养生术中所用药物之一。

成书于汉代以前的《神农本草经》记载说:"服桃花三树尽,则面如桃花。"显然这是一种早期的说法,背后很明显只是简单的直接推理:桃花的颜色实在是太漂亮了,如果我们把桃花吃下去,那么一定会有如桃花一般的容颜。吃多少呢?三棵桃树的花。直接口服还是……

到了五世纪末六世纪初,传为南朝梁的道士陶弘景所著《太清方》中所说吃桃花的方法和功效就详细多了:"三月三日采桃花,酒浸服之,除百病,好颜色",而且"可却老"。这时候吃桃花的方法已经很确定:采摘时间、泡制方法都已具备,且功效已由单纯的美颜扩展至却病延年,俨然是道家养生的妙法了。

此后,用桃花泡酒来养生养颜的做法一直在民间流传。十一世纪时,宋朝苏颂等人编辑刊行的《图经本草》、十四世纪明朝朱橚等人编辑的《普济方》中,都记载有类似的方法。

桃花八哥 120×60cm 绢本 2023年

桃源信有之,真隐谁能为?
聊且种桃树,一看慰所思。
食桃三百树,颜色亦如之。
莫向汉宫说,美人争自为。
癸卯春仲玉山堂作

滞冬

不过，虽然用桃花泡酒来改善容颜，到底是酒的功用还是桃花的功用，实在是很难分得清楚，但毕竟还算是有效可考。而用桃花酒来祛病延年的记载，这时已经很少见了，因为那夸张的功效并不是每个人都可以直接去验证的。

后来，关于口服桃花的记载就愈来愈少，功效也明确地被限定在美颜这一项上，能够延年益寿等属于仙方性质的内容基本上已经被完全排除掉了。

十六世纪初刊行的明郭晟著《家塾事亲》所记关于桃花的用法，已有药方的意味，并不是此前的泡酒饮用那么简单了："三月三日取桃花阴干，为末，收至七月七日，取乌鸡血和，涂面，光白润，色如玉。"这就基本上是把桃花当作药物在用了。

古人所说这一类比较虚玄的事情，出现的时代愈早则语言愈简约，然而遣词用句言之凿凿，使人不免信疑参半。到后来，人们称引前人所言，则愈说愈繁复，细节愈来愈具体，不免愈说愈令人狐疑：说得如此明白，效果如何，就真的没有人去试一下吗？

下面这一剂桃花美容方在明代佚名所著《墨娥小录》一书中被记录的语气，居然就像是一剂验方了：

"悦泽面容：以瓜仁五两，桃花四两，白杨皮二两（一方有桔皮无杨皮）为末，食后白汤服方寸匙，日三服。三十日面白，五十日手足俱白。"其后又补充道："欲白加瓜仁，欲红加桃花。"

这样一种有药物配方、剂量、制法、服法并且药效控制明确的方剂，看起来真有一副十分"科学"的样子，我不知道其书刊行以后的数百年间，有没有人真正去试过？如果真有如此神效，岂非从此天下早就不应该有皮肤黑的人了？如果是古人真心实意地胡说八道，从善意的层次说是英雄欺人；从恶意的角度看，这样一本正经、言之凿凿的公然撒谎，实在是需要有极大的勇气来面对自己的理性和良知的。

不过，到了中华文明的生机渐趋衰息的明清时代，尤其是经历了明末社会的侈靡与颓唐以及明清易代的杀戮与摧残之后，文人似乎对其先辈精英虚情假意的寓言和当世陋儒一本正经的胡说都看透了，他们往往会以怀疑一切的冷峻目光，洞察着人性中最无奈也最荒谬的部分。

明末的江南画家陈洪绶，经历了明清鼎革的巨变，为避世乱，诡称已经出家为僧，自己取了法号叫"悔迟"。他是后悔自己见道甚迟,还是在反思自己早年生活的荒唐?他曾有一联说:"何以至今心愈小,只因已往事皆非。"一个在晚年不断反思自己的艺术家,可能也在不断反思自己所身处其中的社会与文化。

他有两首桃花诗直白地说出了他的思考,宁可相信桃花源是世间的真实存在,也不愿相信历代那些自称的隐者,是真的愿意找到桃花源就此隐去。诗云:

> 桃源信有之,真隐谁能为。
> 聊种五株树,一看慰所思。

一个人真要想隐居的话,任何地方都可以隐下来,何必一定要千辛万苦、大呼小叫地去寻找桃花源?既然桃花已经成为隐逸的象征物,你不如就地种几棵桃花吧,看一眼桃花,自己骗骗自己,自己安慰一下自己痛苦的灵魂,然后又可以精神抖擞地去奔波于名利之场了。仙方也有可能是真有神效,但是,知道秘密的人可要小心了:

食桃三百树，颜色亦如之。

莫向汉宫说，美人争自为。

你以为是修真养性、美意延年的仙方，到了那些一心要讨主子欢心的奴才手里，保不准就成了邀宠争功、争权夺利的工具，到了那时候，虽然不一定能害人，至少天下的桃树会遭无妄之灾吧。

一个如陈洪绶般洞穿了人世幽暗的文人艺术家，只是因为他内心承担了太多世间的苦难，其灵魂应该是比常人更痛苦，比普通人更敏感于人世的荒谬与冷酷吧。或许，当年陈洪绶眼中所见的桃花早已经褪尽了桃红，显现出平静、冷峻的白色？

我宁愿相信是他故意看不见桃花灼灼的桃红，我宁愿相信是他在绘画中矫情地创造了白色的桃花，我甚至宁愿相信是后辈的园艺家被他所画的桃花绽放出的晶莹白色所吸引，在幽僻的庭院里慢慢培育出了奇特的白桃花，我也不愿意一想到桃花的时候，就被一千多年来弥漫着的灼灼桃红色的迷雾所淹没，让我们迷失在对桃花源虚情假意的向往和对美颜术真心实意的期待中。

海棠花

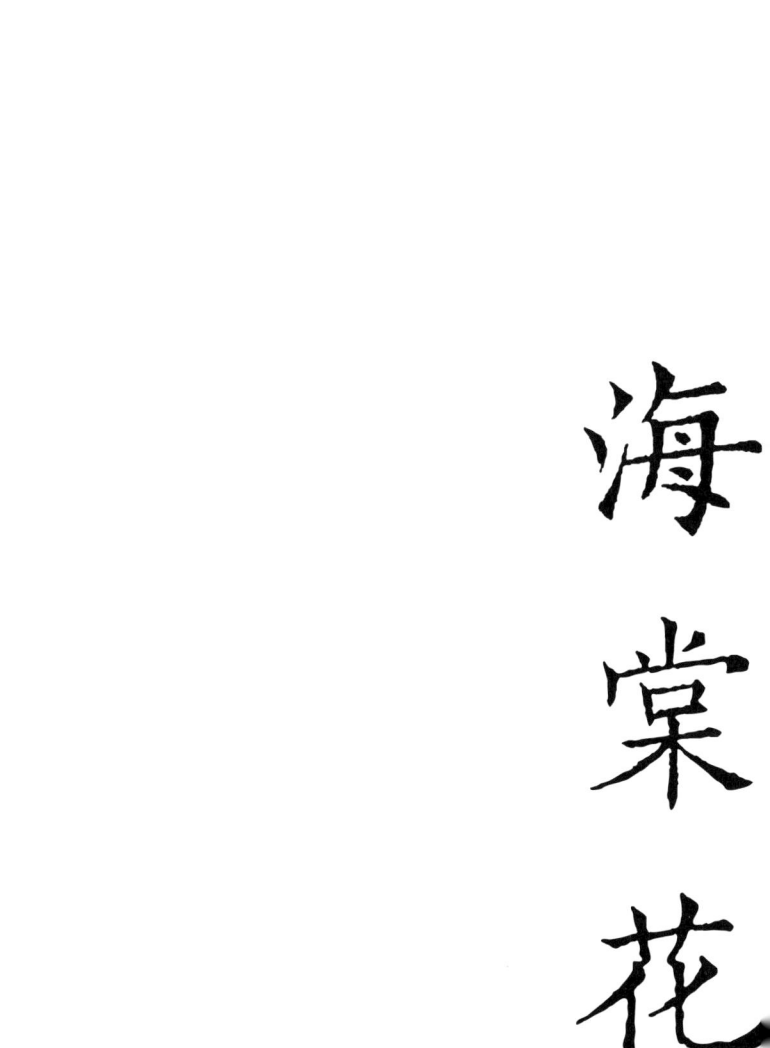

贴梗海棠 56×28cm 纸本 2020年

海棠虽好不吟诗,此东坡句也,何自乱其例耶?此花蜀产,出蜀则不香,自古画海棠者亦以吾蜀之画手为擅,盖此花有以报蜀人耶?庚子新春,小碧落馆海棠烂放,写此并题。

莘屋陈滞冬

在中国古代文人心目中，海棠花是属于"名不见经传"的观赏植物，唐以前未见著录，到了唐代，突然间就名满天下了，这一点与牡丹花有些类似。但牡丹之名在唐以前作为药用植物曾经被记录，虽然所指有可能是另一物种，但毕竟还有这个名称存在。海棠花则不然，真是一点记录都没有，乃至公元九世纪的唐人李德裕在《平泉山居草木记》中说："凡花木以海为名者，悉从海外来，如海棠之类是也。"其实，这个问题是李德裕弄错了。海棠花原产中国，很可能以四川为中心的中国西南部就是原产地，只是唐代以前主要以黄河流域为活动中心的人们没有特别注意到这种植物而已。

完成于十七世纪初叶的明王象晋所著《二如亭群芳谱》中说"海棠有四种，皆木本"。这四种分别是贴梗海棠、木瓜海棠以及垂丝海棠、西府海棠。这是王象晋引用古来的"海棠四品"之说。但我以一个画家的视角从外形上来看，前两种颇为类似，自是一种之变，后两种从构造上看亦渊源有自，也属可以理解的范围。但要说四种都是海棠花这同一种植物，则未免过于牵强，颇有名实相差、名不正则言不顺之疑惑。后来检植物学资料，才知道虽然这四种海棠同属蔷薇科，但前两者归木瓜海棠属，后两者归苹果属，同科不同属，外形自然有很大的区别了。

苹果属的垂丝海棠遍布于我国南北各地，为落叶小乔木，原生于海拔两千米以下的山区和平原，自唐代以来广受重视，各地都有栽培，至今野生种已难见到。栽培种于十八世纪传入欧洲，经各地园艺家选育杂交，至今已有观赏品种二百个以上。此花的特点是有细长的花柄，数朵簇生成伞形总状花序，花多重瓣，亦少有单瓣者，颜色有红、粉红、白等多种，形态妖媚。

木瓜海棠属的贴梗海棠，原产地是以四川为中心的西南地区，落叶灌木，自古即为栽培种，未见有野生者。栽培变种今已有数十种，为中国庭院中重要的观花灌木。此种花有膨大的花蒂为其特征，簇生于枝叶间，花色有朱红、粉红、深红、绯红以及少见的玫瑰红和白色。花多单瓣，磬口，少有复瓣者。此花原来就叫海棠，后来增加贴梗二字，是想与带有细长花叶柄的垂丝

垂丝海棠 56×28cm 纸本 2020年

晓看红湿花气重锦宫城 庚子之夏写于长安 张北云

晓看红湿处，
花重锦官城。
庚子春初写于小碧落馆
滞冬

海棠相区别。此花灌木丛生，枝丫横斜，花色艳丽，早春时节花开处烂漫如锦绣。循名责实，因为名称之混淆，往往令人对这两大类都名海棠的观赏植物纠结不清。

其实，古人诗文中径称"海棠"者，都指木瓜海棠属的贴梗海棠，也称蜀海棠；而于苹果属带细长花叶柄的一类，则必于海棠前加"垂丝"二字。宋杨万里有诗云："垂丝别得一风光，谁道全输蜀海棠。风搅玉皇红世界，日烘青帝紫衣裳。"可见古人是分得很清楚的。我常常画的海棠就是木瓜海棠属的海棠，也按古人的规矩，径称蜀海棠为海棠，不再另加贴梗二字以明其归属。唐人最早谈及海棠者，都称其为"蜀花"，盖当时为蜀中特有之种，四川之外尤其北方地区极少见到。

留存至今的唐人诗歌中，以海棠为题的不在少数，诗人郑谷、李绅、薛能、吴融、顾飞熊、刘谦、贾岛、温庭筠等人都有诗流传。这些写诗咏海棠的人，大概都曾到过四川。

但奇怪的是，多年寓居成都的大诗人杜甫（712—770年），在成都曾写过许多的看花诗，却没有一句言及海棠。唐时成都海棠极盛，最为人称道者在碧鸡坊一带,海棠花在春日烂漫如海,杜甫有诗云"时出碧鸡坊,西郊向草堂",他从市里返回自己居住的草堂时,必经碧鸡坊,应该是见过海棠花开的盛况,但他却没有留下一句关于海棠的诗。

此事自晚唐时就一直被诗人们诘问,觉得杜甫此举令人无法理解。到了北宋初年,学者王禹偁(954—1001年)说杜甫之所以没有写关于海棠的诗,是因为他的母亲小名海棠,杜甫为避母讳,所以言不称海棠二字。事情已过去了几百年,个人如此隐私的事情王禹偁怎么会知道?我估计恐怕是胡乱猜测的成分居多。

另有一种说法是,唐代成都海棠极为繁盛,人甚重之,径称为"花"而不言其特称"海棠花",这正如唐代洛阳人甚重牡丹,也是径称为"花"而不言其特称"牡丹花"。如此说可信,则杜甫只言"花"的诗就太多了:

> 晓看红湿处,花重锦官城……
> 黄四娘家花满蹊,千朵万朵压枝低……
> 江上被花恼不彻,无处告诉只颠狂……

杜甫在《江畔独步寻花七绝句》中反复写到"花"，只有一处特别指明是桃花。其他各处说的"花"，可能就是指海棠花。每年早春时节，当他从市内回家，穿过海棠花开如海的碧鸡坊之后，转头回眸，"东望少城花满烟，百花高楼更可怜"。当艳丽的海棠花与富贵权势烘融为一体的时候，诗人杜甫可能更喜欢他眼前西郊的清净："市桥官柳细，江路野梅香。"

苏轼是四川人，对海棠花相当熟悉。普通人看海棠花开，首先惊于它的浓艳与烂漫所表现出来的繁华与富丽，但苏轼却说："海棠似绢花。"这是在微观层次上的体物入微。

海棠花瓣质感薄而多皱，其色红若胭脂、朱砂，颜色深重平匀，只在快要凋谢时，花瓣局部褪色，"渐成缬晕，至落则若宿妆残粉矣"（王象晋）。所谓"缬晕"，指染织工艺中的一种染色法，亦称缬染，是先把纺织品局部用线扎紧然后再染色，待干后打开，扎紧处色渐淡去形成图案，是古代纺织品常用的一种装饰工艺。海棠花瓣凋谢前的局部褪色，看起来正与之相类。

公元1079年（宋神宗元丰二年）2月，苏轼因乌台诗案被贬黄州，先暂住在定惠院附近。在这里，他写下了那首流传千古描写月夜孤鸿的《卜算子》词,"惊起却回头,有恨无人省,拣尽寒枝不肯栖,寂寞沙洲冷",这样的句子可算是家喻户晓。但苏轼自己更看重他在这里写下的另一首七言古诗《寓居定惠院之东,杂花满山,有海棠一株,土人不知贵也》,诗中写他在居所附近山上见到有蜀海棠一株在荒野中独自灿烂开放:

……

嫣然一笑竹篱间,桃李满山总粗俗。

也知造物有深意,故遣佳人在空谷。

自然富贵出天姿,不待金盘荐华屋。

朱唇得酒晕生脸,翠袖卷纱红映肉。

……

苏轼在诗中非常诧异这西蜀名花何以不远千里,流落到这荒僻的黄州山野里来,这显然有以花自况的意思。宋人李颀在《古今诗话》中说,苏轼自己最喜欢这首七言长诗,"平生喜为人写,盖人间刊石者,自有五六本。(苏轼)云:吾平生最得意诗也"。

苏轼之外,宋代文人以诗词咏海棠的人就太多了,可以说是不胜枚举。宋初学者、水利专家沈立（1007—1078年）因治水来蜀中，惊艳于海棠花，作有《海棠记》，收罗了他之前所见的有关海棠的文字资料。自此以后，海棠花之名即为世所瞩目。南宋时学者、书法史家陈思（约宋理宗在位时期，1224—1264年）著有《海棠谱》，收罗唐以来有关文字资料，数量更多于沈立。

但奇怪的是，唐人的诗文中说海棠花，多言及花香，而宋人却说海棠花不香。有传闻说，蜀中惟昌州海棠有香，又说嘉州、大足海棠有香。于是又有传闻说，海棠花凡移植于四川之外者，均无香。宋代以来，文人间以海棠无香为说辞者大有人在，亦成为文人墨客之间的一大雅谈。

宋代文人中，有位特别具有艺术气质的人叫彭渊材，此人精通乐律，好谈兵而不乐仕进，既没有做过大官，也没有著作传世，却有不少逸闻故事流传人间，算是宋代的一位奇人。在他的那些逸闻趣事中，居然有两则与海棠花香有关，可以说是奇中之奇。

彭渊材的侄子彭乘著有《续墨客挥犀》十卷，其中提到他的一则逸事：彭的友人李某在京城等着朝廷安排新官职，等了一年后被派任昌州，李嫌其地远在蜀中，乃通融当道，改派鄂州。彭听到这个消息时正在吃饭，立即把正咀嚼着的食物吐出来，大步流星赶往李家。见李后急问："谁给你出的这个主意？昌州这么好的地方，为什么不去？"李闻言大吃一惊，问："昌州有什么好呢？是收入特别高吗？还是民风淳朴，讼事特少？"答："都不是。""那你何以知其佳？"渊材从容答道："天下海棠无香，只有昌州海棠香，非佳郡而何？"听到的人都把这事当笑话讲。但彭渊材确实是十分关心海棠香这件事情，并非故作姿态。

他的另一位侄子、诗僧惠洪所著《冷斋夜话》中提到，彭曾对人言其平生有五大恨事：一恨鲥鱼多骨，二恨金橘太酸，三恨莼菜性冷，四恨海棠无香，五恨曾子固不能诗。看来彭渊材是一位享乐主义者兼完美主义者，所提五种，都确实有美中不足之嫌，而彭也因此落下口实，被人以"迂阔"讥之。

但是，中国人的文化审美标准似乎在变化，当年被人讥讽的"迂阔"，到了近现代，差不多变成了有些人故意用来标榜自我的时尚。号称民国才女的张爱玲，对外宣称她平生有三大恨事：一恨海棠无香，二恨鲥鱼多刺，三恨红楼梦未完。"可惜红楼梦未写完"，晚清民国

甲辰霜降寫蜀海棠於
豈魯陽揮戈之意耶 濤

甲辰霜降写蜀海棠花,
岂鲁阳挥戈之意耶?
滞冬

西府海棠 47×36cm 纸本 2024年

以来，但凡稍能识字读书的人，大多都会说这话，算不得有何特别之处，甚至可以说是一大俗，而前两恨抄袭自彭渊材则简直是明火执仗，公然剽窃。号称才女自视甚高的张爱玲如此公然拾人牙慧，无聊之外，未免太侮辱现代读书人的智商了。

彭渊材第五恨所说的曾子固，即名列唐宋八大家的北宋文学家曾巩，他传世有诗四百多首，何以说其不能诗呢？

现代钱锺书编《宋诗选注》，还特别提到曾巩的诗，说是比苏洵、苏辙都好，"七言绝句更有王安石的风致"。有王安石的风致就算好诗，也不知这是什么逻辑？彭渊材说曾巩不能诗，是说以其所享之文名来看，其诗实在平庸得配不上。

对于曾巩的诗，北宋文学家如秦观、李清照等人早已颇有微词，认为他的诗亦如其文，只顾事理通达，没有文学味，没有诗意。如果现在我们去读他的诗，可能仍然与秦、李同感，会有味同嚼蜡之慨。

以钱锺书如此称许曾巩的诗来看，联想到彭渊材的第五恨，我颇怀疑是不是现代中国人对于古代文学作品的感受愈来愈低了？或者现代人真是不会写古体诗，所以对于古人作品的好坏都无法判断了?

自古蜀道难于上青天,而且古代中国人除了做官、经商之外,南北各地的人想要远道来成都,恐怕真比登天还难。因为做官到过四川、见过成都海棠的诗人,每每喜欢作诗与人吹嘘此事,但他们作起海棠诗来有一个尴尬之处,就是此花于典无征。

以善用、活用典故为上手高人的诗家,少有可用的几个说辞中,一是唐代诗人杜甫在成都无海棠诗,二是海棠花无香,除此之外,只有用尽天下词汇惊叹此花的繁华与富丽。

刘克庄(1187—1269年)说,成都自古以来号称芙蓉城,以成都海棠之美且多,我看还不如改称海棠城为恰当。这是有点要翻历史旧案的意思了。陆游(1125—1210年)更是以诗反复咏叹:

> 十里迢迢望碧鸡,一城晴雨不曾齐。
> 今朝未得平安报,便恐飞红已作泥。
>
> ——《海棠》

碧鸡坊里海棠时，弥月兼旬醉不知。

——《病中久止酒有怀成都海棠之盛》

……

我初入蜀鬓未霜，南充樊亭看海棠。

当时已谓目未睹，岂知更有碧鸡坊。

碧鸡海棠天下绝，枝枝似染猩猩血。

蜀姬艳妆肯让人，花前顿觉无颜色。

扁舟东下八千里，桃李真成仆奴尔。

若使海棠根可移，扬州芍药应羞死。

……

——《海棠歌》

虽然蜀道天险，征途万里，然而为了一睹海棠花，为此犯险也还值得：

碧鸡坊里花如屋，燕王宫下花成谷。

不须悔唱关山曲，只为海棠，也合来西蜀。

范成大《醉落魄·海棠》

有一种可能的情况是，正当宋代诗人们热情歌颂成都海棠的时候，这种西蜀奇花已经开始移植到四川之外了。虽然当时蜀道交通不便，"寸根千里不易到"（苏轼），但这种受到如此众多文人追捧的观赏植物，由船运沿长江东下出川仍是不太困难的事。

北宋以后，那些并没有到过四川的文人也开始写出咏海棠的诗，可能正反映出蜀海棠被大量移植川外，尤其是长江中下游一带的事实。这时候，也开始出现"海棠出蜀则不香"的说法了。

海棠花到底有香没香呢？以我的经验，应该是凡花皆有香，只不过其香味的大小、浓淡及香味的类型，是不是与嗅香者的心理预期合拍而已。植物开花是为吸引昆虫为其传粉，吸引之法，不外色、香、味三者，通常的规律是：凡花以香胜者其色必不艳丽，而以白色、粉红居多；以色胜者如深红、深紫则其香不太烈；香与色俱备者，则色亦不过艳，香亦不过烈。

天下事必不可能面面俱到，亦无法处处做绝，此事物之常理，况造物秉天地之心者乎？人之本性既贪又愚蠢，见海棠花艳丽如锦，意其应必有奇香，哪知事实并非如此，而事物一不如己意，即丑诋之。说海棠花无香，事实是其香过于雅淡，与人之期许不符，此人之过，非海棠花之过也。

我家在旧成都少城西城垣下，绕着院子的木栅栏外，环植着海棠、蜡梅、红梅、花石榴、金桂等，院子里则有垂丝海棠、玉兰、紫藤、深山含笑、大花蔷薇各一株。每年自早春迄夏仲，诸花次第开放，使极少有人活动的庭院里寂寞中犹自透着热闹。院门外的贴梗海棠和木瓜海棠各一株高过屋顶，开花的时候，缀满繁密的猩红花朵的花枝横斜过来，有时会掩住了门楣。到我写这篇文字的时候，花早已凋谢了，但结出的木瓜，仍然累累地挂在枝头。每有客人来访，我开门迎出来时，对方第一句话往往是："这是什么果子？"然后并不看我，只仰头望着枝上的木瓜。

海棠花开甚早，初春时节，梅花才刚绽放，海棠接踵便开。初开的时候，若逢佳日，朝阳烘云，海棠花的淡淡幽香往往会随风不期然而至。这时候，立在我家院子中，看着玉兰、垂丝海棠努力膨大的蓓蕾倒映在水池中，引得游鱼忙忙地忽来忽往，真是令人十分的惬意。

梨

花

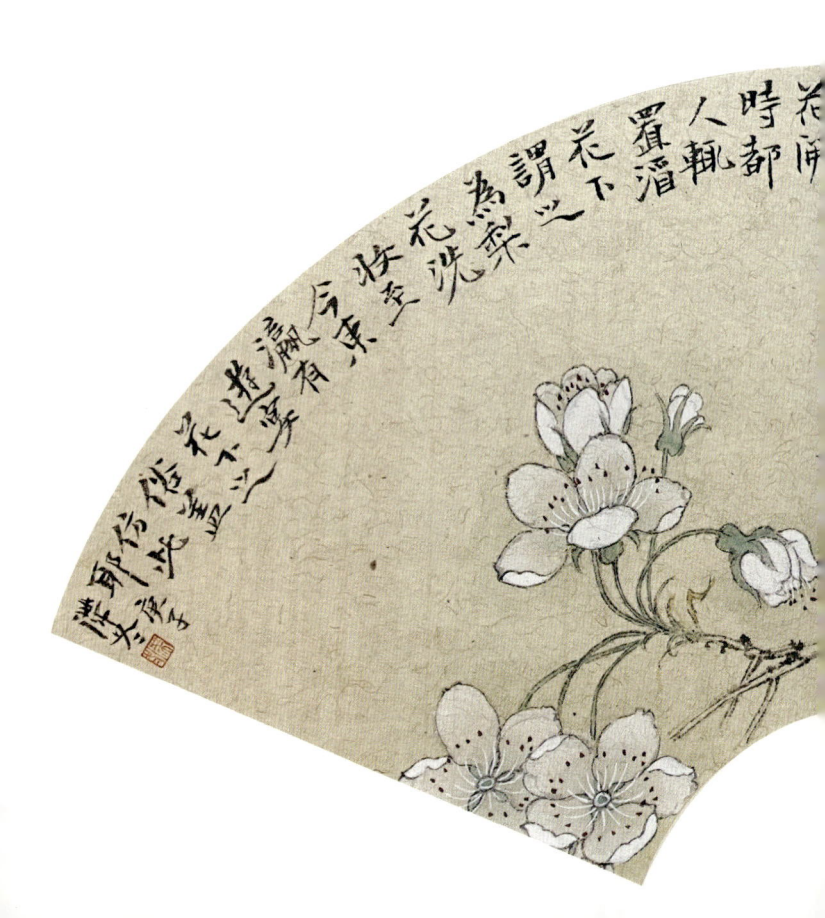

梨花 56×28cm 纸本 2020年

唐时洛阳,每梨花开时,都人辄置酒花下,谓之:为梨花洗妆。今东瀛有游宴花下之俗,盖仿此耶?

庚子滞冬

北宋词坛之祖晏殊有一首《无题》诗，其中有几句，一千多年来不知牵扯了多少人的心绪：

油壁香车不再逢，峡云无迹任西东。
梨花院落溶溶月，柳絮池塘淡淡风。

油壁香车者，唐宋时代豪门女眷出行所用之豪车也，晏殊多情却被无情恼，写下了这首《无题》。

自古以来，凡以《无题》为名的诗，写的大多都是些不便明言的"闲愁"，这两句平白描写的诗句，却把那无端的闲愁，浓浓地一笔涂在了画布上，一任那梨花院落、柳絮池塘霎时变成了愁云遮月、苦雨含风。"闲愁最苦，休去倚危栏，斜阳正在，烟柳断肠处"（辛弃疾）。愁人眼中所见，固无往而非愁景，但晏殊这一句诗，从此就让梨花与溶溶月色结下了不解之缘。

此外，再加上唐代白居易的一句"梨花一枝春带雨",在中国古代诗词中,梨花、月色、春雨三者就此构成了一组特殊的意象,渲染出人生必然会面对的无奈、无助与无常,渲染出人生最令人痛苦而又不可言宣的"闲愁"。它就在这些被记忆和时光褪去了颜色的景物之中,浓浓地蕴蓄着、储藏着,不知什么时候,就会猛然间袭上心头,紧紧地攥住我们的灵魂,令我们一时间喘不上气来。

梨作为中国人最早栽培的果树之一,古人的记载见于典籍。但仅仅关注梨花,把这种食用栽培植物的花作为观赏对象来看待的意识,大概始于南朝宋(420—479年)时期。此后,中国文人以诗词歌赋来咏叹梨花就代不乏人。

但是,诗人赏花往往是出于"惊艳",对于梨花这种颜色单调平凡、没有什么特别引人注目之处的小花产生兴趣,除了"伤心人别有怀抱"如晏殊者流之外,就是在审美情趣上与众不同、视觉经验非常幽微敏锐的那一类人。所以,比起牡丹、海棠等名花,历来关注梨花的诗人就不太多,流传的诗词也相对较少。不过,要想让更多的诗人来关注这种素淡雅静的小花,确实有点强人所难。

以我的经验，要看梨花并欣赏梨花之美，是需要一定条件的。首先，春天风和日丽的日子，通常为观花所宜，但却并不适合看梨花。暄风暖日之下，梨花柔弱的花瓣很快就凋残了。其次，梨花并不是专为赏花而培育的观赏花卉，它是为了授粉结梨而开放，所以花期很短。好在一树梨花往往分期次第开放，为看花者的时间留有充分的回旋余地。

看梨花最好是微雨之后，阴霾未尽之时。此时花瓣犹带雨珠，晶莹剔透，可爱至极，而且长蒂柔曲，一遇微风，辄翩然而舞。

梨花虽然也是中国观赏花卉中重要的一种，但其声名远比不上牡丹、海棠、梅、兰、菊之类那般显赫。

但是，反过来想想，除了梨花之外，还有哪种果木的花，会受到文人如此的追捧？所有的梨花都会结果，自古就没有人按观赏植物的标准来培养它，但它却在古今文人的诗词歌赋中，在古今文人的私家庭院中，都占有一席重要地位，也算是中国花卉中的奇事了。

自古以来画梨花的人就不多。米芾《画史》中说，他曾见到"范大珪有富公家折枝梨花，古笔。非江南，蜀画"。他说的蜀画，大概是指唐末五代四川边鸾、黄筌传派的写实主义重彩工笔作品。

成都晚唐五代时期的文化大有唐时长安、洛阳的风气。而唐时的洛阳，在牡丹之外亦颇重梨花。有传说云：洛阳风俗，梨花开时，人多携酒食宴集花下，号称"为梨花洗妆"（《唐余录》）。洗妆者，梳妆打扮也，长精神也。不过，到了宋代，"梨花风起正清明，游子寻春半出城"（吴惟信）的时候，已经只是寻春踏青，非专为梨花了。但唐代洛阳人为梨花洗妆的风习，是否为后来日本人所传承，转而用于樱花时节的赏樱，就没有人去考据过了。

黄筌传派所画的梨花并没有流传下来，但在传世的宋画中，有一幅《梨花蛱蝶图》。不过，我仔细研究了此画之后，发现画家画的肯定是垂丝海棠而非梨花，具体细节留到说垂丝海棠的时候再讲。

历来画梨花的画家就很少，细究起来，最重要的原因可能有两个：一是梨花白色，花开时叶才长出来，所以梨花开时叶皆嫩绿，并略带嫩红，这让梨花清冷的白色中看起来总带有暖暖的淡淡绿色，颜色变化非常微妙，画家很难把握，要使用工笔重彩画的许多技巧，才能略得其仿佛。二是梨花每以花繁蕊茂取胜，一树花开，望之如雪，唐人咏雪"忽如一夜春风来，千树万树梨花开"就将雪比梨花，所以只画一枝一叶，就很难画出梨花的神韵。北宋之后，文人画理论大为流行，主张以简驭繁，以少胜多，岂知这只是艺术理想之一种，并不能放之四海而皆准，用在梨花这种特定的题材上，必然得不偿失。

以此二端，近千年来，几乎没有画梨花成功者。近世以来，以大写意画法画梨花的画家，有齐白石、陈子庄，但他们所画也都是尺幅小品，一枝一叶寥寥数笔，略具象征而已。以我所知的前辈画家中，只有晏济元先生所画梨花深得梨花神韵，尤其是他画的大幅梨花，我初见时，恍然如对迎人怒放的千花万蕊，月色溶溶中俨若春风忽至，只觉淡淡的闲愁如琴音一般响起。

1974年冬，我手持陈子庄先生的亲笔书信，独自一人从成都坐火车到了重庆，乘轮渡从朝天门过长江，沿着海棠溪的石阶一路上行，找到南岸山顶上的玄坛庙友于里，叩响了晏先生素贞书屋的大门。

三天以后，晏先生拿出了他正在画但尚未完成的巨作《梨花双鸠》，让我替他完成着色。晏先生当时正患严重的老年白内障，视力模糊，尤其对白色不敏感。这幅梨花以大片白花为主,每一片花瓣都需要用白色反复渲染数次,其凹凸转折的姿态才会显现出来,他让我替他用白色染花瓣。

当年晏先生七十三岁,已属老年,我二十三岁,正是"有事弟子服其劳"的时候。在此之前,我从未在一幅画上画过这么多花。为这幅画着色让我真切地体悟到了中国绘画是一种精微的劳动,在综合了敏锐、耐心、屏息静气的持续努力下,才会懂得绘画活动是朝精神追求的目标不断靠近,且坚定地认同富于想象力的设计,调动一切技术手段,尽量促使其趋向完美的一种坚韧的创造活动。

在受到这种训练之前,我以为中国绘画活动只是一种激情鼓励下的宣泄。此前,我几乎完全不理解被理性所控制和限定的激情会多么有力量。这种力量让积淀在绘画技术中的潜能充分地发挥出来,可以创造出不可思议的优美与高雅,以及沉雄如交响乐一般浑厚深沉的乐章。文人画即兴式的临场发挥只是中国画艺术表现方式之一种,而且是能力极其有限、艺术旨趣也相对单调的一种,它并不能全面代表中国绘画艺术的精神气质。

中国绘画是一种传承了数千年的古老艺术,与任何

乙未春仲

陈滞冬

梨花双鸠　96×89cm　竹纸本　2015年

文化传统一样，从另外一个角度来理解，那些悠久的遗产却会成为现代艺术家创作的负担。作为一个现代中国画家，必须在承担起传统的重量之时，还要有力量直面现实的生活。

这一要求虽然陈义过高，很难为现代艺术家的能力所及，但是，晏先生的工笔花鸟画确实做到了这一点。以他画的梨花为例，既然没有古人的成法可以参考，晏先生画中梨花的艺术形象就只有来自观察自然的体悟，面对梨花写生成为其艺术语言的唯一来源。重要的是，自然形象如何转化为艺术形象？以何种材料、何种方式来进行转化？转化而成的艺术形象在与自然形象保持着若即若离的关系时，如何不丢失传统中国花鸟画的核心精神？传统花鸟画的技术如何灵活地、充分地促使这些新艺术形象的完成？这一系列问题，晏先生在他的画中都近乎完美地解决了。

在素贞书屋学习了三个月之后，我于 1974 年底回到成都。凭着记忆，我背临了一幅晏先生的《梨花双鸠图》，然后带给陈子庄先生看。

自 1962 年重庆一别后，陈先生就再也没有见过晏先生，其间经历了动荡的十年，又传闻晏先生经历世变，卧床瘫痪乃至病故的消息，现在见到这幅梨花，竟恍然如对故人。虽然明知是我背临的作品，但老人仍可借此知道晏先生画笔至老犹健，不禁感慨系之，为题诗句道：

> 十年一见千里，笔底鹓鶵有声。
> 不是巴山路远，与君醉到天明。

万斛闲愁，无限世虑，如巴山横云，屯屯自起。数十年老友，大乱之中忽然一朝音信断绝，已是哀莫大于心死。岂知十多年后竟然重见新作，令垂垂老矣的画家，不知是悲是喜，真个是"白发三千丈，侬愁似个长"也。

作为一个服膺吴昌硕、齐白石一派艺术传统，并能独树一帜、有出蓝之誉的文人画家，陈子庄先生拥有不为宗派所囿的宽广艺术视野和艺术胸襟。他是我所知的当代大写意画家中，最能理解、欣赏和赞誉张大千与晏济元一派坚持唐宋传统、以改良文人画出现之前的中国画艺术为己任、为当代中国画发展探索新路的人。而且，他还能洞悉张大千作品的商业化弊端和晏济元纯艺术追求的精神洁癖之间的区别，给予晏先生以极其崇高的评价与推仰。尤其是以晏先生所画梨花为代表，他作品中的那种精神上的孤傲、高洁、不与流俗争一日之长的自我完善，以及技术上的精准、幽微、纯熟，艺术手段的丰富、变化多姿，情绪表达的细腻、雅致和从容不迫，都是令时辈中国艺术家所望尘莫及的。

中国绘画在当今社会作为一种现代艺术而存在的最大障碍，可能是其传统中流传下来太多的审美定式。中国哲学和文学不仅是这些审美定式的强大底色，还决定着这些定式的内在意义。譬如说，文人画对于梅、兰、竹、菊等题材的意义设定，决定了这些绘画题材被表现的方式以及被观赏的态度、被理解的角度与深度。在现代社会中，这种预设的哲学与文学层面的意义，很可能被视作无益有害的赘词，对现代人的审美活动造成人为的隔阂与障碍。

一个可能的解决办法是，剔除掉中国绘画题材的象征意义，让绘画回到绘画本身，通过表现、夸张、创造自然美的单纯与优雅，在视觉上打动观众，引发他们的审美感动与联想，从而在无限可能的情感领域里与艺术家产生共鸣。晏先生画的梨花在一定程度上就引领着这样的试验，尽管他本人可能在理论上并没有认识到这一点。

梨花、月色、春雨，大自然的慷慨被古代情感敏锐的诗人撷拾在一起，传达出他们内心深处"闲愁最苦"的感慨。不过，这一千多年前的闲愁并非如现代社会中人的闲愁，花、月、雨的艺术意象的组合，显然有它超越理性的美，可以直接诉诸个人内心感动的美。然而，在现代社会中，这种内心的感动，可能仍然是也可能完全不是那曾经著名的"闲愁"，而可以是静谧、温软、安详，也可以是忧伤、悲悯、惆怅，甚至是欢愉、爽朗、潇洒，或许，一万个现代观者可以看出一万种花、月、雨之美，而并不需要任何人去预先设定。唯一的条件是，画家必须以赤诚之心去体悟自然、感受自然，以精湛而高超的画艺，把他眼中的自然物象转化为观者可以读懂的艺术语言。或者，那些被普通人所忽略的生命的细节、所错漏的风晴雨露的摇荡、所困惑的生老病死的轮回，都会被敏感的艺术家所捕捉、所发现、所表现。这正好可以提醒观者：与自己生命一样的生命，也正在感受生命的旋律、时光的流逝以及自然的永恒。

梨花的花期短暂，但一树的梨花会先后次第开放。

当一朵梨花在你面前开放的时候,你怎么才能看懂它是初开还是已将凋谢呢?

告诉你一个秘密,梨花初开的时候,雄蕊花药的颜色是嫩黄色,但它会很快老去,变成紫红色。所以,当你看到梨花的花药已经变成紫红色的时候,抓紧时间吧。也许一夜风雨,一树如雪的繁花就会随风飘落,等到你再去探访的那一刻,可能就只剩下满眼的绿叶成荫了。

紫藤

紫藤花 56×28cm 纸本 2020年

珠花个个团如玉。
庚子新正
滞冬

二十世纪七十年代晚期，有一次偶然听到成都园艺界的前辈大师王明文先生谈他年轻时的江南之行，说到苏州园林，令他数十年来念念不忘的，竟是拙政园中的一株古紫藤。

据说，这株古紫藤是十五至十六世纪时，长期在苏州生活的著名文人画家文徵明亲手种下的，算起来，这株古藤的年龄至少也有四五百年了。文徵明在古代中国人中是少有的长寿，活了九十岁，但比起他种的这株紫藤的寿数，也只好自愧不如吧。

紫藤这种在春天开放出美丽花朵的植物，如果得地利之宜，其寿命可以很长。我当年在上海闵行一个名为紫藤棚镇的小地方，曾见到一株古藤，据地方志记载，是明朝正德、嘉靖年间（十六世纪前期）文人董宜阳亲手所种，至今已近五百年。藤干粗壮苍老，二十世纪八十年代有人测过其主干的周长，竟达165厘米，一位个子高大的男人勉强可以合围。只不过，到我今天写文章时，又过去了四五十年，不知道这株古藤是否安好？

成都附近最有名的古藤，是种在新都桂湖边的那两株。一走进桂湖的大门，两株古藤迎人而立，其苍干古拙粗壮，分支妖娆盘旋。以我的目测，其伟岸的程度远超上海闵行的那株有明确记载的明藤。执笔为文时，我顺手查了一下记录，桂湖紫藤一大一小，大者树径86厘米，小者树径32厘米，根据径一周三的规则计算，则大者藤围258厘米，差不多可两人合抱，早已远超上海那株明藤。

我少年时就常去桂湖，每次进得大门左转，从藤花架下绕过古藤，再向右跨过石桥走到升庵祠之前，总要先和古藤打个招呼，在它面前逗留片刻，用手摸摸它光滑粗壮的躯干。两株古藤一大一小，分立大门左右，不仅奇在藤干苍古，分枝委婉，纠结回环，更在两株古藤对立数百年，枝繁叶茂，其分枝早已连融一体，难分彼此。古人所谓"树生连理枝"者，正是此藤的写照。

主事者在大门内侧建有近百米长的廊架，以承古藤枝叶。每到花时，紫雪漫天，花香匝地，人行其下，只觉紫色的芳花遮天蔽日，而不远处桂湖的波光，更将这一园的紫气，鼓煽得醺醺若醉。

王明文先生是位儒雅的长者，瘦削高个儿，戴一副大大的近视眼镜。他说起苏州拙政园里文徵明种的那株古藤，特别提到藤边立有一石，上刻"文衡山先生手植藤"八个大字。虽然已过去了数十年时光，但我仍清楚地记得，先生说到此处，着意拉长了声调，一字一顿，抑扬顿挫地念出"文衡山先生——手——植——藤"几个字时，简直就是在吟诗。那音调以及从先生的近视眼镜片后透出的悠远目光，还有他沉醉的神情，瞬间把我带到了我当时尚未去过的遥远的苏州拙政园中。

1978年，我从成都文殊院管理处调到成都王建墓文物管理所，从事筹备这一处南方少见的古帝王陵墓遗址博物馆的开放工作。1979年秋天，我和管理处新来的主任李志嘉先生，从成都乘飞机飞到重庆，然后乘船沿长江东下，开始了长达数月的对长江中下游地区文物古迹的考察学习工作。

李志嘉先生少时师从成都名画家周子琪学画花鸟，学生时代就参加中共地下组织活动，1949年后在成都市文化局文物部门工作，1957年被划为右派分子，1978年改正过后即来文物管理处从事领导工作。我和李先生甚为投契，工作上互相配合，心情也十分愉快。1984年我考入四川师范大学中国古代文学研究所读研究生，离开了文物管理所。后来，李先生也奉调去筹备成都市博物馆，成了市博物馆的首任馆长。

话说当年我们在无锡看了惠山天下第二泉，乘上夜航船穿越太湖到苏州。夜船无聊，一路上听着拍打船舷的太湖波声，自然就说起了苏州拙政园里画家文徵明亲手种下的紫藤。第二天船到苏州，一登岸，我们便直寻拙政园而去。

到了拙政园，有两件事令我吃惊。其一是名满天下的拙政园，其旧大门竟然风格如此朴素，规模如此之小。高大的白色墙面上开着一扇几乎没有任何装饰的门，仅勉强能容二人并肩而过，门框是素净的石条平淡地砌入墙面，下面仅有一级素净的石阶。民国以来，中国的建筑都喜欢建夸张的门面，即便是私家住宅，也喜欢弄得像衙门一样，其浮华嚣张的格局其实充分显露出主人极不自信的内心和暴发户式的炫耀，颇令人不屑。我依稀记得西哲有言：通往地狱之门是宽大的，而通往天堂之门狭窄，你们要进入窄门。果然，拙政园的窄门背后，藏着一个小天堂般的世界。

一进拙政园大门是一个小院,院中就是那株差不多与拙政园一样名满天下的文徵明手植藤。这是令我吃惊的第二件事:这株紫藤竟然如此之小。只要见过上海闵行或者新都桂湖古藤的人,都不可能相信眼前这株主干仅粗如成人手臂的紫藤,竟是四五百年前的明代遗物,更不用说是文徵明亲手种植的了。但紫藤旁边立一圭首石碑,自上而下赫然刻着"文衡山先生手植藤"八个楷书大字,是光绪三十年时,任苏州巡抚的端方所书。经常在介绍拙政园的文章中读到的此庭院壁间有"蒙茸一架自成林"的题刻,也高高地嵌在雪白的粉墙间,仿佛无声地为院中紫藤确系文徵明手植做证。

望着庭院中生机盎然的紫藤,我的心情突然沉重起来:要么是这株古藤修炼成了不老之身,要么是有人故意造假。反正这株古藤背后,一定有不为人知的秘密。怀着满腔的狐疑,在与拙政园管理方交流的时候,特别问到了这株古藤。原来,明人所植紫藤早在清代就已毁于兵火虫蚀,清人有好事者重加补种并立石为记;而补种之藤,则在丙午(1966年)之乱中再毁于群氓之手;出于无奈,现在园中的这一株,是近年在原处再行补种,聊存苏州一景而已。听到此话,我忽然如释重负,长吁了一口气。历史的真相,往往并没有我们期望的那么好看。

后来,我们到绍兴去参观明末画家徐渭的青藤书屋。进小院正面的粉墙前,种有一株细如竹绳的青藤。管理者介绍说,也是因为原植古藤因丙午之乱被毁,近年重新补植。补植者未必是打算掩盖历史的伤口,可能只是想尽量修补残破的旧梦,借此凭吊,聊胜于无吧。哪知历史的荒唐,远比我们想象的程度要严重许多,有时候,可能是我们完全不可企及的奇诡。

2013年底,苏州博物馆举办《衡山仰止——吴门画派之文徵明特展》。我与朋友相约,专程赴苏州观展。贝聿铭先生设计的苏州博物馆新馆果然不同凡响,得自江南民居粉墙黛瓦、庭院假山的灵感,被现代建筑的理念诠释推演得恰到好处,内庭空间的腾挪移借曲折转换,材料的质感、色彩光影的细微考究,尤见设计者的匠心。

从展厅出来,转到内庭的茶室喝茶小憩。坐下来才发现,上覆玻璃、屋顶光线甚为充足的内庭中,竟然植有几株紫藤。工作人员介绍说,设计者贝先生为了在现代建筑中传承一缕传统文化的文脉,特意从隔壁的拙政

子非魚安知魚之樂
癸巳夏玉山堂作 齊白石

子非鱼,安知鱼之乐。
癸巳夏玉山堂作
滞冬

园中，分株移来文徵明先生手植之古藤，装点这一现代新造的优雅的水泥建筑。我闻此言不免暗暗吃惊，想不到当年拙政园管理者的无奈之举，三四十年之后竟然真正变成了传统文化的象征，且被现代建筑大师挥洒自如地用在了他的代表作品之中。

大约是受到了贝先生的启发，从2013年开始，苏州博物馆推出了他们文创产品的镇店之宝——文徵明古藤种子。种子三颗装一盒，每年限量一千盒。据说自推出至今，年年都供不应求。想到闵行、新都那几株真正的明代古藤，每年都有数千粒种子落地腐烂，绚丽的生命之源重归泥土时，你就不能不感叹现代商业操作化腐朽为神奇的炒作功夫。

不过，话又说回来，正如现代历史学家渐渐意识到的那样，人类的文化，正是来源于人类编故事、说故事并且相信故事的独特本领。远古的故事渐渐变成了神话，近古的故事渐渐变成了宗教，晚近的故事渐渐变成了文明。这些大大小小的故事，塑造了民族的灵魂，也造就了文化的传承，支撑了人类生存的信心，点缀了平凡的世俗生活。如果没有这些奇瑰的故事，历史将是多么的荒凉和落寞？

我相信，那株顶替了"文衡山先生手植藤"的名义、至今还生活在拙政园内的紫藤树，年深月久之后，它也会相信自己就是文徵明在明朝嘉靖年间所手植的那株每年开出紫花的神奇植物，并且数百年来一直生活在中国人崇仰的目光中。毕竟，在十五、十六世纪最伟大的艺术家文徵明延续数百年的光环笼罩之下，一株紫藤的年龄、生死、遭遇都不太重要，重要的是，它与那位中国艺术史上神一样的人物或许曾经有过的关系，成为后世凡庸的人们借以仰望神圣人生的阶梯而已。

紫藤属的植物原产地是中国，有十多个品种。中国人最早将野生紫藤引入庭院，驯化成观赏植物，十九世纪被引入欧美。不过，在东部亚洲的山野间，至今仍有野生的紫藤。此外，美国东南部有一个原生种称为美国紫藤，日本有一种原生的多花紫藤，其花穗比中国紫藤要长很多。

有一个真正神奇而不可理喻的事实是，中国各种紫藤攀缘而上的枝条都是左旋而上（逆时针），而日本紫藤则是右旋（顺时针）。据说，中国牵牛花和日本牵牛花的区别也是这样。这种现象到底是如何形成的，没有任何植物学家给出合理的解释，或许，其背后的原因，也是古代中日文化似是而非的内在原因吧。

紫藤花其实并不都是紫色,有些偏红,有些非常红,号称朱藤;有些色渐浅淡,甚至完全白色,号称银藤;有些偏紫,甚至渐渐泛蓝。但中外古人都看重紫色,故而把此种植物径称为紫藤。

紫色其实是一个非常微妙的颜色,它处在红色与蓝色之间,色相极不稳定。时间、气候、空气中的水分和光线都会影响它的呈色,有可能你每一次看到的紫藤花颜色都是不一样的。这种飘忽虚幻的颜色,就像与紫藤相关的飘忽虚幻的故事,在中国的历史长河中,悠悠然地变动不居。

芭

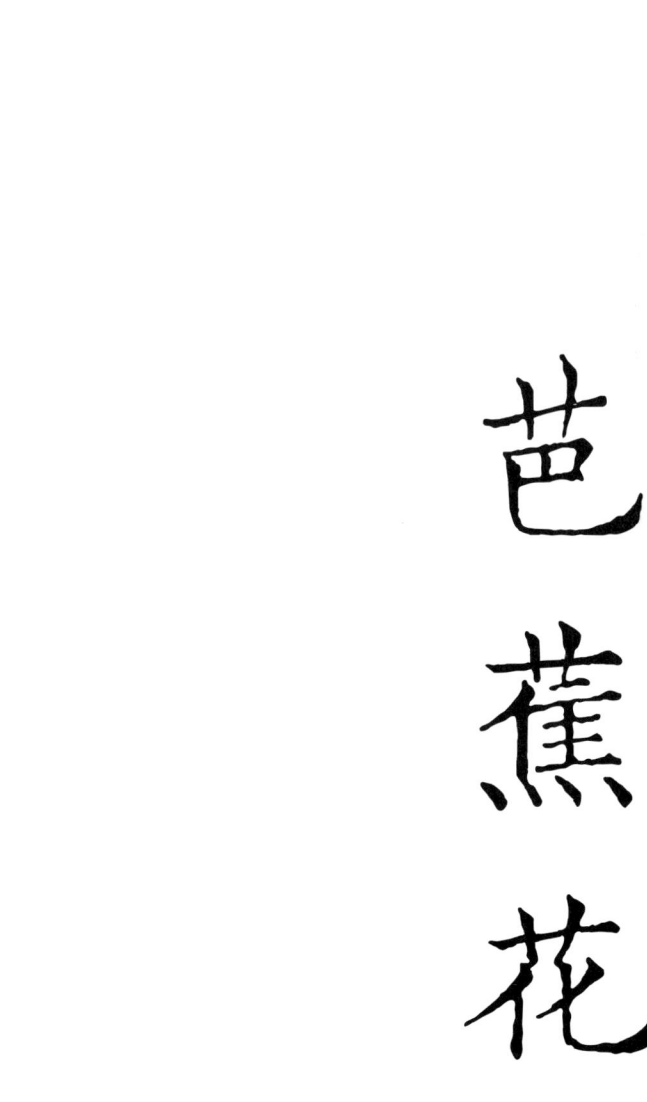

蕉

花

芭蕉花 56×28cm 纸本 2020年

听雨听风。
庚子春
滞冬

晚唐诗人杜牧作诗甚多,诗风以豪健爽朗著称,在古代文学史上成就甚高,好事者每将他与杜甫相比,称为"小杜"。

小杜出身豪门,世为显宦,自己二十六岁就进士及第,一生仕途平稳,好像也没遇上过重大挫折,其风流儒雅的形象在古代诗人中甚为特出。

此外,他本人也实在多才多艺,那些诗酒风流的浮华时尚姑且不论,传世的文章中,有著名的《阿房宫赋》,因历来都被选作古文范本,至今可谓是家喻户晓;书法被唐以后的文人公认为唐代颜真卿、柳公权之后第一人,且有墨迹《张好好诗》卷传世,凡见过此书卷的人,也都会同意这样的评价并非虚誉;一生屡为高官,关心军事,为先秦兵家名著《孙子》作注,并在宋代被收入《孙子十家注》中,与曹操等人的注解同列。

这么一位似乎一生风风火火、热热闹闹地活过来的人,一位在诗文中一直给人"雄姿英发"印象的人,在他匆忙的一生中,好像并没有充裕的时间和闲暇的心情,来体味古代诗人反复咏叹的生而为人所必不可免的孤寂和落寞吧?

然而不然,杜牧有一首五言古诗,寥寥三十字,借用芭蕉夜雨这一意象,写出了天涯游子夜不能寐时从内心屯屯涌起的无边寂寞:

> 芭蕉为雨移,故向窗前种。
> 怜渠点滴声,留得归乡梦。
> 梦远莫归乡,觉来一翻动。

诗只六句,戛然而止,而孤寂与落寞的情绪,恰如无边夜雨,悄然弥漫。

自此以后,芭蕉夜雨这一意象,就成为中国诗人特别中意的寂寞的象征。而种蕉听雨,更成了后世文人表示风雅、宣示自己拥有不同于流俗的内心世界的文化行为。孤独与寂寞本是人生不可豁免的况味,任你红尘里风光无限,任你俗世中豪情万丈,总有孤枕不眠、独对青灯之时,那时候你要面对的,可能就只有你自己了。

芭蕉原产中国南方福建、广东、广西、云南诸省,向南及东南亚、南亚的广大地区。因为它天性恶寒，气温低于摄氏五度就无法生存，所以向北的分布，仅到四川、湖北、安徽、江苏等长江中下游地区，最北也不过山东南部。南宋（十二至十三世纪）以前，中国文人的活动区域主要在黄河流域，很多人都没有到过南方。因此，南方特有的草木，很少能引起他们的注意。

公元四世纪初，嵇含著《南方草木状》就记载了芭蕉。但后来除了南朝宋、齐、梁诸朝（420—557年）文人偶有在诗文中提到之外，芭蕉仍不为中原文人所看重。唐代文人倒是经常提起一种开鲜艳红花的芭蕉，称为红蕉。但这是略小于芭蕉的另一品种，而且与宋代文人常常将芭蕉与雨声联系，成为一种幽怨的文学象征手法大异其趣，他们主要是欣赏红蕉叶绿花红的热闹和繁华。

蕉窗听雨这一文学意象，我们能够往前追溯到的，最早也就是晚唐诗人杜牧。此前，唐人听雨多借重于梧桐树，以其叶大，雨声因之响亮。若孟浩然"微云淡河汉，疏雨滴梧桐"，白居易"秋雨梧桐叶落时"，"雨滴梧桐山馆秋"之类。

但自从杜牧蕉窗听雨转侧难眠以后，五代北宋的文人倾述愁肠时，便也都有样学样，乃至诗文中凡写到芭蕉，都免不了附带要说到雨声，而写到雨声则又总要牵出芭蕉作为陪衬，使一己幽愁的表述，借以显出造境的幽微与文意的厚重。

宋代借芭蕉夜雨说事的文人忽然就开始多起来，如：

吕本中（1084—1145年）：

> 梦断添惆怅，更长转寂寥。
>
> 如何今夜雨，只是滴芭蕉。

王十朋（1112—1171年）：

> 草木一般雨，芭蕉声独多。
>
> 主人栽未足，其奈客愁何。

贺铸（1052—1125年）：

> 十亩荒池涨绿萍，南风不见芰荷生。
>
> 隔窗赖有芭蕉叶，未负潇湘夜雨声。

刘子翚（1101—1147年）：

> 揽碎芳眠挟雨声，碧丛宜看不宜听。
>
> 而今一任潇潇滴，华发鳏翁一夜醒。

蕉石卧猫　180×95cm　纸本　1992年

壬申嘉平 成都
陈滞冬

方岳(1199—1262年):

自是愁人愁不消,非干雨里听芭蕉。

芭蕉易去愁难去,移向梧桐转寂寥。

宋代文人忽然如此关心芭蕉夜雨,虽说是传承自晚唐文人的积习,但更大的可能是,气候史上公元800—1200年约四百年时间里,东部亚洲腹地的年平均气温自五代以来逐渐上升了不少,致使芭蕉这种热带植物分布的北线,慢慢向北移动了一大片。宋代文人即使从未到过中国南部沿海地区,也可能在自己生活的区域内见到这种来自南方的植物,这时候再回过头去读杜牧的诗,自然是"心有所戚戚焉"地感同身受。

不过,以宋代文人心思之细腻、体物之入微,他们暗夜独醒、蕉窗听雨,听得久了之后,当然不仅仅会听出自己内心的忧愁,或许更听出了雨打芭蕉这自然天籁中的音乐韵味。正如杨万里(1127—1206年)《芭蕉雨》一诗:

芭蕉得雨便欣然,终夜作声清更妍。

细声巧学蝇触纸,大声铿若山落泉。

> 三点五点俱可听，万籁不生秋夕静
>
> 芭蕉自喜人自愁，不如西风收却雨即休。

是啊，雨打芭蕉自有声，恰如风吹皱了一池春水，何干卿事？愁人听雨，徒添愁苦，是人在自寻烦恼，芭蕉自然是喜欢下雨的。

小时候，我家有一台手摇留声机，还有一大堆黑胶唱片。几个小孩常常趁父母都不在家的时候，在那一堆唱片中去翻找自己喜欢的曲子来听。记得当时只有几岁的小妹最喜欢听的是一张百代公司的《洋人大笑》，开始是一个人从哼哼哈哈到嘻嘻哇哇的各种笑声，后来慢慢有人加入，最后是一群人在哈哈大笑，经常是还未听完，几个小孩就自己笑成一团了。

我印象深刻的还有一张也是百代公司灌制的广东音乐《雨打芭蕉》，从头到尾欢快的节奏，恐怕就是借助于揣摩自芭蕉喜雨的心情，来抒发自己对于现世生活的热爱。后来又听到改编自广东音乐的同名板胡曲，觉得这种欢乐情绪的抒发，更为明快有力，也更加扣人心弦。

2000年，音乐家小泽征尔与作家大江健三郎在一次对谈中提到，世界上百分之九十的乐曲都是悲伤的、黯淡的，因为人生的基调就是悲伤黯淡的。或许，正是因为寂寞的人生中无处不充溢着悲伤与黯淡，难得一遇的喜悦才具有了独特的意义。中国古代的乐曲中，能够如此淡然、如此简洁明快地描述喜悦的曲子，真是不多啊。

话说唐代中原文人少见芭蕉，未免多有关于芭蕉的惊诧。北宋初年，沈括在《梦溪笔谈》中说，他家藏有唐王维画《袁安卧雪图》，画上自然是一片雪景，但其间有被雪压的芭蕉。沈括认为这太不合常理，冬季岂有芭蕉生长？但是，他强作解人说，是作者"造理入神，迥得天意，此难可与俗人论也"，算是对画家网开一面之辞。不过，沈括出生于杭州，岂不知"南雪不到地"的道理？可能是他"科学"地认为，后汉袁安卧雪事在洛阳，北方的隆冬季节，必不可能有芭蕉吧？

唐人中关于芭蕉最有名的故事出自书法家怀素。中国书法艺术发展到唐代，出现了一种特别重视文字书写艺术性的书法形式——狂草。狂草尤其夸张其书写过程，尤其着意表现中国文字的书写性，这种文字书写不以识读为目的，而在意充分表达书写者的激越情绪。当时以此擅名的有张旭和怀素和尚二人。传说怀素在练习草书时，曾经以芭蕉叶代替纸张。以芭蕉叶这种世界上最大草本的宽度来说，用来练习草书，实在是一个上好的主意。

公元二世纪，中国造纸术被蔡伦改进以后，由于技术停滞的原因，直到公元八世纪怀素生活的时代，仍没有大的突破，纸仍然是贵重的文房用品。因此，怀素自己的草书创作，大都还是书写在房屋的墙面上。书法和绘画都以墙面为展现的场地，这在唐代是很常见的事，而且还将其用作豪贵的建筑装饰。有诗说，怀素书写草书时："粉壁长廊数十间，兴来小豁胸中气"，"忽然绝叫三五声，满壁纵横千万字"。但他平常练习的时候怎么办呢？有记载说，他在自己居住的寺庙周围，种下大量的芭蕉，平时利用芭蕉叶来练习他非常耗费书写材料的狂草。

怀素是湖南长沙人，他居住的绿天庵在长沙零陵县东郊。湖南长沙正好在芭蕉自然分布的北线之内，所以怀素种蕉学书，可能是实有其事的。后来，成名后的怀素和尚跑到北方的京城长安和东都洛阳谋求发展，果然终享大名。只是不知他独卧长安佛寺的时候，还留恋在长沙时的蕉窗听雨吗？也不知自他远走之后，零陵县绿天庵周围的芭蕉，还有人摘下叶子来练习草书吗？

唐代以后的文人倾慕前贤的风流，把他们在芭蕉树上熬炼出来的听雨、学书两件无奈之举视为风雅的韵事，当成了精神上的象征。生活在元末明初、被后世文学界尊为明初四杰之一的高启有诗说：

> 静绕绿阴行，闲听雨声卧。
> 还有感秋诗，窗前书叶破。

闲身听雨，感秋书叶，一介文人身处江湖之远，心怀天下之忧，居然在看似不相关的两个被人用烂的典故里，借着写窗外的芭蕉，宛转悠然地表现出来。窥此一斑，就可知高启的文名并非是孟浪得之。

深山含笑

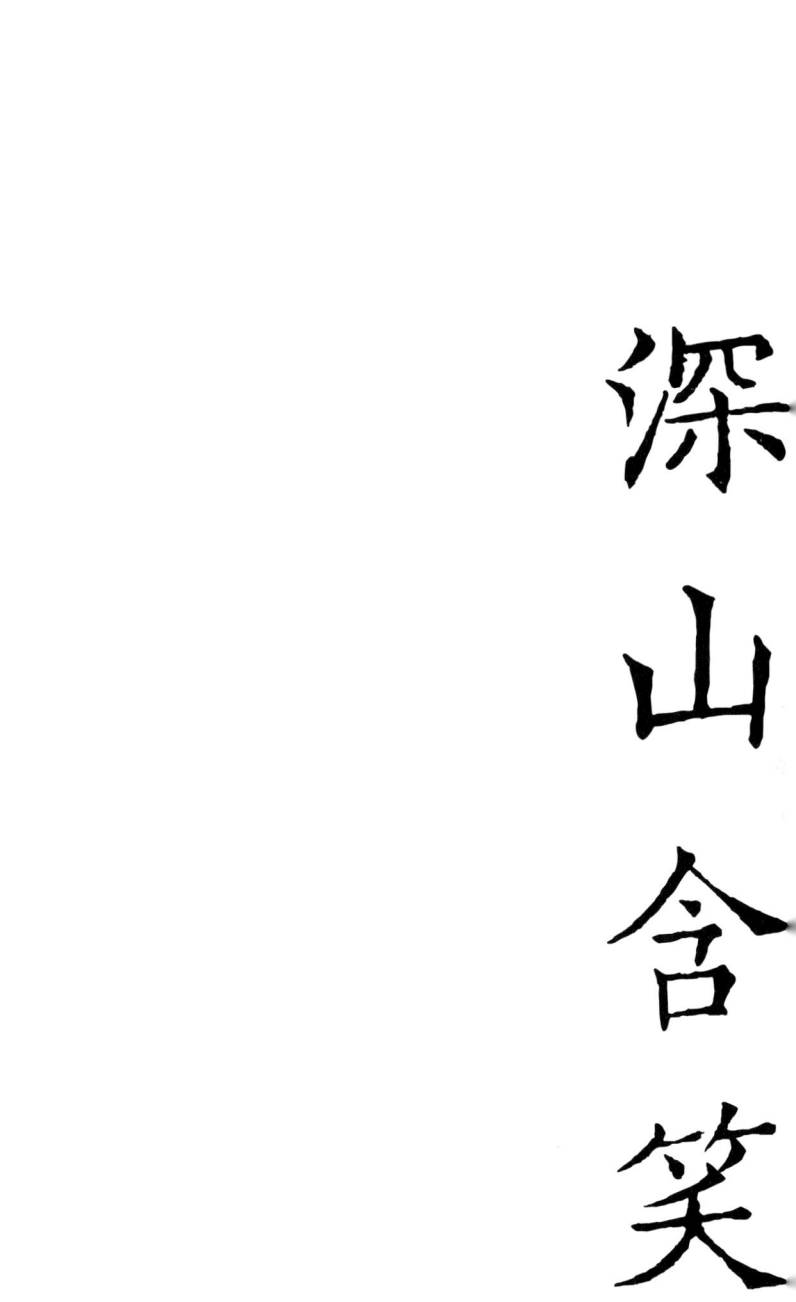

深山含笑 56×28cm 纸本 2020年

南宋人称阁梨花者，今之含笑也，何雅俗相去如是之远？
庚子
滞冬

2006年我家刚迁入位于成都中同仁路的勺海楼，正在整理花园的时候，朋友送来一棵高约一米的小树，长着厚而大的绿叶，树干却比拇指粗不了多少，说可能是一棵广玉兰，以后可以长成大树的。

我当时没有在意，随便把它种在了石栏杆旁边的角落里。也许是那角落阳光甚少光临，那棵树也就慢慢悠悠地长，一点也不着急的样子。

偶尔朋友来看见，说快了快了，长过屋檐就会开花了。但十几年过去了，看起来它一点开花的意思都没有。不过，那一树姿态翩跹的绿叶，把那甚少人去的角落，也点缀得满是生机。2018年春节，我与亚平应岱峻冯志夫妇之邀，去大邑县雾中山何昌林杨忠沛夫妇新建的工作室过节，住在山中一栋旧楼房改建成的小宾馆中。

第二天早晨，在宾馆二楼餐厅的窗前刚坐下，就闻到一股浓烈的异香扑面而来。匆匆早餐后，走到户外的楼梯上,见到院子里有一株姿态横斜、枝繁叶茂的大树,从院子中间横身探出墙外,满树绿叶间缀满了大而雪白晶莹的繁花。刚才我闻到的,就是这满树白花的异香,近得树旁,香味反倒渐渐淡了。或许,是我乍见此花时大吃一惊,瞬间就忽略了花香,只是在问自己:这到底是什么花呢?

以我画花卉近五十年的经验,居然脑中没有一点关于此花的信息,令我非常吃惊。仔细看了这花的结构、植株的整体情况,我判断它应该是木兰科的植物。赶紧查了一下,原来这就是大名鼎鼎的深山含笑。

木兰科含笑属的深山含笑是常绿乔木,树高可达二十米,原产我国东南部,主要分布在浙江湖南南部、广东福建北部以及广西贵州东部,四川南部与这一地区基本上在同一纬度上,所以川南地区也多有深山含笑。

雾中山在成都西南,位于通往古印度的南丝绸之路古道上,地气燠热,多有南方草木生长。深山含笑在成都地区长势都不太好,不易引人注目,为我写生花卉时所忽略,也没见其他花鸟画家画过这种花。

2018年春节特别晚,初一时已到公历二月中旬,如果春天来临的步伐稍快半拍,那么原本应在三月开花的深山含笑,春节期间在雾中山绽放是没有问题的。

我这么多年没有留心到这种美丽的花卉,主要是自己没有在合适的时间,到合适的地方,遇见正在盛开的含笑而已。我努力在记忆中搜索,好像也没有一点关于此花的艺术形象曾见于传世的古代绘画作品中。这一点令我十分困惑,如此美丽的一种观花植物,在漫长的年代中,就没有一位画家留意到它?或者说,它那无双的美丽,就没有打动过一位画家的心灵,产生过把它描绘下来的冲动?

回成都后,节假无事,闲翻画册消遣。大出我意料的是,居然在吉林省博物馆藏南宋杨婕妤《百花图卷》中,看到了深山含笑的身影。

据说,作者杨婕妤是南宋光宗(1190—1194年)、宁宗(1194—1224年)时人,名不详,婕妤是宫中女官名。这幅著名的古画号称《百花图卷》,其实只画了十一种花。画法是宋代宫廷最好尚的写实风格,但从技术上看,却实在是说不上有何特出之处。作者的艺术资质比较平庸,只是循规蹈矩地利用宋代写实主义花鸟画的现成技术,以折枝花卉画的手法,精确地刻画了十一种宫廷常见花卉的形象与色彩。此卷除了十一种折枝花卉以外，还画了三星在天、旭日初升、祥云、瑞芝等，综合各段题诗看，似乎是当时宫廷女官为某位皇后诞辰的祝寿之作。

顺便说一下，这件南宋宫廷的玩物，传到后来为清宫所藏，清末流出，辗转为收藏家张伯驹所得，1965年捐赠吉林省博物馆。

这件流传有绪的南宋宫廷画卷，画心有三米多长，但只有二十四厘米宽，其中第十一段着色画有折枝深山含笑，但右上方赫然有题名：阇提花。左侧题诗道："阇提花号出金仙，似雪飘香遍释天。偏向月阶呈瑞彩，的知来自玉皇前。"从花、叶、枝的造型色彩来看，此段所画，必是深山含笑无疑，怎么会题名叫"阇提花"呢？

阇提为梵语音译，也作阇梨，诗中说其"出金仙"，金仙是从崇尚道教者的立场，说释门诸佛不过是金色的仙人，由此看来，此花的得名似乎与佛教有些关系。查今之植物名录，说阇提花是别名金沸草的一种开黄色小花的菊科草本植物，显然与此画中的阇提花无关。

宋室南渡以后，北方的文人涌入长江以南地区，南部中国远较北方丰富的物产开始广泛引起文人的注意。

出自北方地区古代文人之手的儒家经典中没有记录的事物大量出现在他们眼前,除了惊叹之外,还需要给以记录、解释、命名,这也是南宋学者的新工作。

生活在南宋高宗绍兴(1131—1162年)年间的福建人陈善(约1147年前后)著《扪虱新话》有"南地花木北地所无"条说:

> 南中花木有北地所无者,茉莉花、含笑花、阇提花、鹰爪花之类……阇提花微似栀子香而色雪白。

这里特别提出阇提花有香而色白,与杨婕妤画、诗中所指的非常一致。

两宋之际竭力主战抗金、历史上赫赫有名的宋代大臣李纲,在宋高宗建炎年间被一贬再贬,建炎三年(1129年)因被贬谪至万安军(今海南万宁),于十一月二十五日渡过海峡到达琼州。就在他初到琼州的一天夜里,在下榻的天宁寺中,李纲看到了阇提花。

在遥远的琼州遇到这种江南名花,令李纲感慨万千,作《渡海至琼,管天宁寺,咏阇提花三首》:

深院无人帘幕垂,玉英翠羽灿芳枝。
世间颜色难相似,淡月初残未坠时。

冰玉风姿照座骞,炎方相遇且相宽。
纻衣缟带平生志,正念幽人尚素冠。

阻涉鲸波寇盗森,中原回首涕沾襟。
清愁万斛无消处,赖有幽花慰客心。

李纲在琼州天宁寺中遇见"玉英翠羽"的"素冠幽人"阇提花,显然是他到南方以后才新见到的花卉,印象深刻。所以他被贬到遥远的海岛上再见此花,才会引起他如此的感慨,名花亦流落,"炎方相遇且相宽",相逢况是新相识耳。

但是,这种原产中国南方的花,何以被认为是与佛教这种外来宗教有渊源的名花,而且以梵语音译来命名呢?南宋绍熙(1190—1194年)前后在世的诗人郑域有《阇提花》一首说:

此花移种自招提,借佛为名识者希。

含笑有多花金黃不栽咱深山
之別此寫霧中山所見深山含
笑花大尤似玉蘭惟葉差翠
羽紛坡生他家之橋木
　　　　　　濤兒

含笑南方花北地罕見近歲雲南
陵見此花以為異種以上栖佛寺
雅名閉膣花
　　　壬寅夏芊記 濤兒

含笑有多花、金叶、峨眉、深山之别。

此写雾中山所见深山含笑,花大,尤似玉兰,惟叶若翠羽纷披,真仙家之种耶?

滞冬

含笑南方花木,北不逾淮。宋室南渡,见此花以为异种,以出于佛寺,号为阇提花。

壬寅夏并记

滞冬

优钵曼陀果何似，并参香色问因依。

郑域指出，借佛教词语为名称的赏花植物，除阇提花之外，还有优钵罗花、曼陀罗花等，但因为名字显得奇怪，能够让人循名责实，一眼认出其真身的似乎极少。因为佛教寺庙喜欢种植阇提花，所以好多人就以为它是从寺庙里传出来的异种。

佛教寺庙喜欢种植这种花，除了此花植株高大美丽，树叶常绿不凋之外，重要的原因是其花香浓郁。佛教借助鼻嗅香味的能力，通过思辨来阐明鼻香识界即是空，鼻香识界即是如来藏性，即世间一切法、一切物都是空的道理。以此，南方的嘉木阇提花被中国佛教借来作了弘法的道具。"世间众生有几个摸着鼻孔"，更有人把执迷不悟的凡人，归结为鼻观不透脱所致。但是，宋代朝廷却是以崇奉道教著称的，尤其北宋真宗（997—1022年在位）、徽宗（1100—1126年在位）两个皇帝，更是以举国之力大搞崇道活动。当道教定于一尊之后，阇提花这种与佛教有关、南宋初年纳入北方知识精英视野的名花，在当时要被人广泛地认可，似乎有"名不正则言不顺"的嫌疑。杨婕妤就在她专门为画阇提花所作的题诗中努力为之开脱，说这花虽然是来自佛教寺庙，但它偏好在月夜开放，展现其祥瑞之姿，由此可知，它一定是我们道教的名花，来自天地的主宰、无上至尊的玉皇大帝的座前。

显然，这样的说辞是并不具有说服力的。在南宋初年光宗年间前后短暂的时期内，只有很少的几个文人提到阇提花，之后，这样一种非常特别、已经引起了当时社会上层精英人士注意的美丽植物，突然就消失在历史的幽暗之中，且从此无影无踪。

当然，这并不是说这种植物就此神秘消失，而应该是文人用另外一个名称来称呼它，借以免去"名不正则言不顺"，在当时社会环境中还显得政治不正确的嫌疑。文人在最初的诧异之后，很快弄清楚了被佛教徒冠以阇提花之名、原产于中国南方地区的这种美丽植物原有的名字：含笑。

南宋初年人已知道这种北方所没有的植物名为含笑，而且知道其异种甚多。以花来分，有大含笑小含笑；以颜色分，又有紫花白花之别；以开花时间分，有春开、夏开、四时俱开的不同；而且，"小含笑香尤酷烈"，则又是以香味来区分了。含笑之名，不过取自其"花开不满，若含笑然"的样子，是一个很文学化的名字。

这种花在南宋初年传入北方应该是没有问题的。那位在琼州天宁寺暂住、晚上见到"阇提花"并作了三首诗的李纲，可能在含笑传入北方的过程中起到了推波助澜的作用。他有一篇《含笑花赋》，在赋前的序中，他说道："南方花木之美者，莫若含笑，绿叶素荣，其香郁然。是花也，方蒙恩而入幸，价重一时，故感而为之赋。"很有可能就是李纲把这种美丽的南方植物，推荐给了刚刚才南迁到东南沿海的大都市临安（杭州）的南宋朝廷。

也许，为了避免引起崇道的朝廷听闻此花的佛教名称感到不适，李纲径直把它改回了原来的名称。此后，阇提花这个名称消失不见，而南宋文人歌咏大小含笑、紫含笑的诗歌忽然就多起来，陆游、杨万里、刘克庄等大诗人也都反复咏叹，成就了含笑一代名花之名。

含笑至今仍是观赏植物界的明星，有许多异种。木兰科含笑属常为园艺界重视的观赏品种就有白兰花、黄兰、黄心夜合、含笑、多花含笑、金叶含笑、深山含笑、峨眉含笑等多种。古人所谓大含笑、小含笑、紫含笑，可能都在这些品种之内。不过，如果不过分考究香味的浓度，只从观赏花叶的角度来说，多花含笑、深山含笑无疑最为特出。

说来奇怪，就在那年元宵节前，在家无事翻书，把上述那些事情快弄清楚的时候，有一天我走过我家园中的石栏杆前，忽然发现十多年未见开花的"广玉兰"，竟然在枝头绽放出几朵雪白的花朵，花瓣柔软，姿态纷披。这不就是深山含笑吗？

我站在花前看了半天，最后也没弄明白，到底是此前有花开过了我没有留意到，还是我弄清了它的身世后花才开放？或许，自然界与我们沟通的方式，在我们人类的思虑范围之外呢！

含笑花在南宋初年被文人看重之际，佛道之间的纠结让它的名称改来改去。其实，古今中外凡在尘世间拥有权势之人，往往都会因自己的一己之私，把事物约定俗成的名称、字号改来改去，这种事在历史上屡见不鲜。这些似乎琐屑的小事，背后所隐藏的，其实是人类自我巨大的虚妄与贪婪。

直到今天，大凡有权、有势、有钱、有位的人，都想尽办法企图永久占有他们已然过度占有的东西，俗世未了,便或者筹划来世继续,或者谋划世世永昌,或者干脆就打算自己长生不死。你看中国古来许多帝王都用尽各种方法求长生,就是这种贪婪与妄诞的绝佳表现。

苏轼曾有诗道:"至今只有花含笑,笑道秦皇欲学仙。"大自然才不会管人间权势看重的那一套,山花年年怒放,含笑向人,说不定它真是在嘲笑人类的虚妄与贪婪呢。

紫

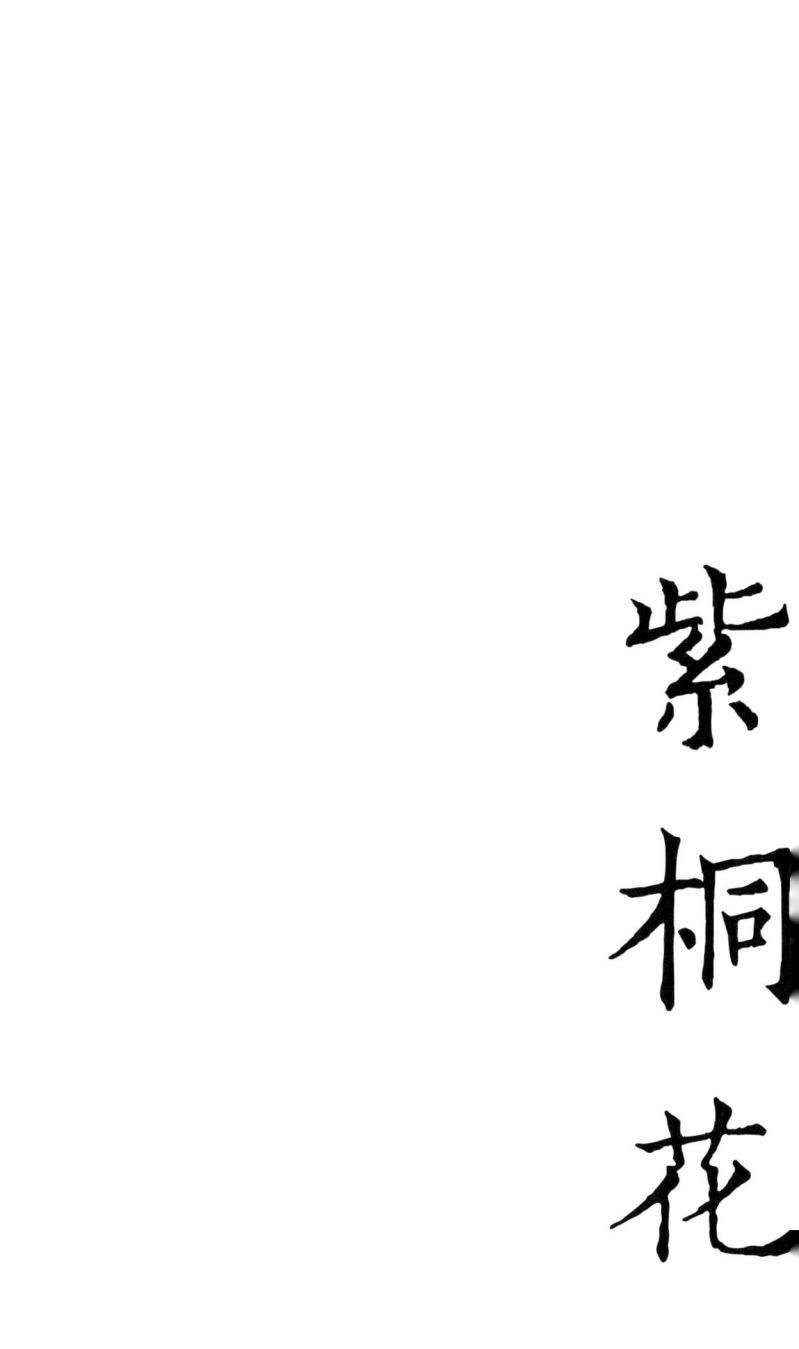

桐

花

紫桐花　56×28cm　纸本　2023年

凉夜沉沉花漏冻
辛丑桐花开候
小碧落馆
滞冬

中国人把新年的第一天称为春节，意思是从这一天开始，春天就已经来了。春节一过，春天的花会次第开放，在吹面不寒的杨柳风中，新的一年又急匆匆地扑面而来。

不过，到了已经暖意融融的三四月间，往往会有一段乍暖还寒的寒潮天气忽然出现，习惯上人们呼之为"倒春寒"。突然间春寒料峭，令已经被春意吹暖的人心，倍感寒意袭人。

若是家住在成都的话，这一段春寒时节中最让人期待的事件，恐怕就是老城中满树的紫桐花会在弥天的寒气中突然开放，老派的成都人则诗意满满地把这一段难耐的春寒天气称为"冻桐子花"。

如果你看见成都街头的老人瑟缩着身体，相互打招呼说"冻桐子花了"，赶紧去看看街边那些高大的紫桐树上，一定已经开满了一串串如小铃铛般的淡紫色花朵。

紫桐花树成都俗称泡桐树，是旧时成都老城中常见的行道树、庭荫树。后来的岁月中，大概是嫌这种身材高大的乔木木质疏松没啥用处，渐渐地被砍伐殆尽，也少见有人补种。慢慢地到了春天又冻桐子花的时候，你便是在成都街头着意寻找，也很难见到那些一旦盛开就满树繁花如一场轰轰烈烈的春梦般的紫色小花了。

我最初留意到这开淡紫色小花的大树，是三十多年前的一次倒春寒时节。我儿子刚出生的那几天，正值紫桐花盛开。那时我家刚刚迁入博物馆新建的宿舍楼顶层，忙完家务的深夜或者早起慵懒的清晨，我常常站在六楼的阳台上，望着成都少城古老的街道上那一大片无边无际的小青瓦屋顶出神，忽然间就看见在那青灰色海洋中不时突起的一座座淡紫色的花之孤岛。晚间的街灯、春晨的薄雾，都会把花树的周围渲染出层层晕霭如梦如幻的紫氛。这时我恍然反省：春寒时节，当我们从街道旁那些粗大的行道树边急匆匆走过时，却并不知道在它高高的树冠上，正盛开着如此灿烂的春天。

古人分桐为青桐、白桐、油桐。青桐就是梧桐，是常常见诸古代文学作品的著名庭院风景树，属梧桐科。油桐就是产桐油的木桐，属大戟科。白桐就是泡桐，其花由白渐紫，变化颇多，紫花者俗称紫桐。

虽然都名为桐，且都为高大乔木，但泡桐却在植物分类学上归于玄参科、泡桐属，变种甚多：从形象上分，有楸叶、毛叶、光叶之别；从地域上分，又有兰考、华东、四川之分。四川泡桐多开紫花，岷江、沱江流域是其原生之地，自古以来就被称为紫桐。

生活于八世纪末九世纪初、被诗人李商隐称为"万古良相"的李德裕在四川任职时，有人送了他一把画有紫桐花和一种被称为桐花凤的小鸟的扇子。他为之作赋，并在赋序中记下了古成都与紫桐花、桐花凤的一段渊源：

> 成都夹岷江矶岸多植紫桐，每至暮春，有灵禽五色，小于玄鸟，来集桐花，以饮朝露。及花落，则烟飞雨散，不知其所往。

李德裕所记载的这种比燕子（玄鸟）还小的五色鸟，紫桐花开时才飞来，花落即去，宛如一则童话，把岷江两岸的紫桐花点化成恍然如在梦中的神仙眷属。

早于李德裕一百多年、活跃于公元七世纪末八世

纪初的文学家张鷟,是唐高宗、武则天、玄宗时期的名臣,在他的名著《朝野佥载》中,就记下了紫桐花和桐花凤的故事:

> 剑南彭蜀间,有鸟大如指,五色毕具,有冠似凤。食桐花,每桐结花即来,桐花落即去,不知何之。俗谓之桐花鸟。极驯善,止于妇人钗上,客终席,不飞。人爱之,无所害也。

古人以为,凡鸟具五色有长尾者,无论大小,都是凤之属,小者称为凤孙。这种如人的拇指般大小的五色鸟常来食桐花花蜜,因之称其为"桐花凤"。

唐代妇女以花蜜驯养这种五色小鸟。随着紫桐花开花落,小鸟悠然而来又悠然而去,"来如春梦几多时,去似朝云无觅处",到底是真是幻,是实有其物,还是出于唐代豪贵文人奢靡的想象?唐代以后,南方文人如四川苏轼、安徽梅圣俞等人,也还有关于此花、此鸟的记载,只是到了后来,尤其是明清时代,文人关于桐花凤的说法越来越玄。

紫桐花倒是还在那儿年年怒放,但桐花凤到底是何种鸟，是真实还是想象，没到过川西地区的文人只有妄逞臆说，有人说是"绿毛幺凤"，有人说是"倒挂子"。字经三写，乌焉成马，未免就越说越远了。

近代以来，成都人口渐渐增多，紫桐花树却越来越少，桐花凤这种小鸟似乎就更不见有人提起。

抗战时期，作家张恨水到了四川灌县，在离堆李冰祠前，遇到有人把这种美丽的小鸟捉来售卖。他仔细地记下了这小鸟的相貌：

> 这小小的动物，它比燕子或麻雀，还小到一半，嘴长而弯，像钓鱼钩，紫色头，大红脖子，胸脯黄，与颈毛交错，翅翎深灰色，中间夹着淡黄，尾长二寸余，约为身体之两倍，翡翠色。总而言之，美极了。就为了它太美，捕鸟者就把它关在笼子里了。

灌县的捕鸟者在桐花盛开的季节，用长竹竿，从高高的紫桐花树冠上，把这些小鸟黏下来，如捕蝉者用的方法一样。

现在我们已经知道，这种古人叫作桐花凤的小鸟，主要分布在南亚、东南亚和中国南部，学名叫蓝（绿）喉太阳鸟，以花蜜和小型昆虫为食，四川成都大概是它活动地域的北线。古人的文学想象把它和紫桐花连在了一起，赋予它桐花凤的美名。

晚唐两宋时期，这种鸟在成都地区可能很多。公元十世纪时活跃在成都的画家黄筌，传世有名作《写生珍禽图》，这位超级写实主义大师用极其细腻精确的手法所画的成都常见鸟类中，就赫然有蓝喉太阳鸟的身影。

宋代以后，蓝喉太阳鸟（桐花凤）就不再见有文人提及了。我估计是因为自元朝（十三世纪末至十四世纪前期）持续到清末（十九世纪中期），地球进入了历时数百年的小冰河时期（Little Ice Age），自十四世纪中期起，平均气温持续下降，这就是中国历史上著名的"明清小冰期"。蓝喉太阳鸟这种热带、亚热带的鸟类无法在靠北的地方生存，以至于大多数明清时代的文人根本就没有见过这种美丽的小生灵。

但是，作为一个文学意象，一个在唐宋文人笔下有如许旖旎风姿的文学意象，紫桐花与桐花凤倒是在明清文人的作品中常常出现，信手拈来的典故也好，捕风捉影的想象也好，文人摇笔即来，虽说是虚无缥缈，有些

桐花与桐花凤 250×120cm 皮纸本 2018年

紫桐花与桐花凤

却也是生动异常。

生于明朝、仕于清初的著名文人渔洋山人王士禛,为文为诗倡"神韵"说,在当时是公认的文坛盟主,且其人为官清正,遂有"东坡再世"之称。他曾以桐花、桐花凤为题,填写有一首《蝶恋花》词,在当时与后世都颇负盛名,竟有人因此词以"王桐花"称之。其词云:

> 凉夜沉沉花漏冻,
> 欹枕无眠,渐觉荒鸡动。
> 此际闲愁郎不共,
> 月移窗罅春寒重。
>
> 忆共锦衾无半缝,
> 郎似桐花,妾似桐花凤。
> 往事迢迢徒入梦,
> 银筝断续连珠弄。

说实话,这首词以一个失恋女子的口吻,写春寒时节的相思之苦,可谓是形容入微,尤其是"郎似桐花,妾似桐花凤"一句,真个是脍炙人口,数百年来,被痴男怨女、情人离妇传诵不绝。这位可能根本就没有见过桐花凤的才子，单凭他的"神韵"诗法，赋予了桐花与桐花凤文学新生命，给紫桐花这寂寞多年的西蜀名花平添了一段哀怨的愁绪。

然而，中国的事，似乎总逃不过"木秀于林，风必摧之"的规律。王渔洋这几句实在写得太好，难免引得旁人羡慕嫉妒恨一起涌上心头。因王氏生得形貌长大，又有东坡再世之美誉，于是有人从旁仿名句"郎似桐花，妾似桐花凤"，说他"文似东坡，人似东坡肉"，引得一众闲人哈哈大笑。不过，笑是笑过了，王渔洋还是王渔洋，闲人旁人也还是闲人旁人。

我住在成都少城内的那些年，街边、路旁、院内、巷口往往还能见到树高过屋、粗可合抱的大紫桐花树。后来城市改造，这些被称为"杂树"的美丽植物都被伐去，以至于每年必至的倒春寒中，再也听不到有"冻桐子花"的说法了。

这种春来盛开紫色、淡紫色、白色花朵的优雅植物，花后才长出绿叶，到了夏天又给行人提供一树荫凉，仅就其冲寒怒放的满树繁花来说，也比受到万千宠爱的日本樱花美丽多了。只是现代中国人对美的东西不知爱惜，以至于此花沦落如斯。

上世纪最后一年，我在都江堰（灌县）建了工作室，每年都有时间在那边逗留。那时的都江堰老城还很像当年成都的少城，窄窄的老街，两边是青瓦的街房，高过屋檐的紫桐花树点缀其间。

暮春时节走在街头，嗅着紫桐花淡淡的幽香，望着一地的淡紫色落花，尤其令人流连不忍离开。随着1850年前后小冰期结束，气温渐升，桐花凤又飞了回来。在春天的都江堰，如果你运气好，很有可能会在紫桐花盛开的紫色氛氲中，瞥见飞翔着的桐花凤的身影。

后来，城市改造的风潮也波及都江堰，街上的紫桐花也越来越少。不过，因为岷江流域是紫桐花的原生地，都江堰周围的山上仍然随处可见高大的紫桐花树。

如果外地的游客在暮春时节到了都江堰，又想看看紫桐花，我建议直接去宝瓶口。在这里，夹岷江两岸而立的巨大桐花还有数株，因为临水而立，到了开花时节，向水面的一侧垂枝有如天上垂下的璎珞，缀满了势若贯珠的紫白色小花，在碧水蓝天的映衬下，尤为妩媚妖娆。假如这时恰有桐花凤翔集，则千年以来钦动文人心魄的情景，将忽焉再次重现。

梅

花

梅花 56×28cm 纸本 2023年

梅干雪后较多花。

辛丑正月

滞冬

辛丑元宵,忆写光严禅院古梅一枝,用点彩法。

滞冬又记于玉山堂

在中国的观赏植物中，梅花和牡丹花一样，都不算是闲花野草。

尤其是在传统文化中，这两种常见的庭园栽培花卉，不仅在历史上曾经显赫一时，即使到了今天，在这两种名花名下聚集的文人墨客、诗词歌赋、琴棋书画，不说是喧嚣如市，至少也可以称得上是热闹非凡。

宋代哲学家周敦颐就说过："牡丹之爱宜乎众矣。"作为具有大众明星般身份的牡丹花，另外还有一个广为人知的象征意义，那就是无论在文学艺术或者社会生活中，都代表着财富和地位，亦即古代中国人羞于启齿而现代中国人津津乐道的"富贵"二字的意思。这也就难怪，不管见没见过这种植物的中国人，只是说起"牡丹"这两个字，内心也都是欢喜无量的。

梅花就不同了。历史上喜欢梅花的人大都是有点情怀的知识分子，且都是看中了梅花耐寒独放的特殊品性，乃至引为世间知己，托物喻人，彰显自己不同于流俗的精神生活。

但是，反过来一想就会明白，古代中国社会中的读书人喜欢这样的花卉，要么是境遇不佳而自我放逐，要么是性格孤僻乃至孤傲，因而境遇不佳，否则，一枝耐寒独放的梅花何以能打动那么多人？

不过，话又说回来，在以"士农工商"分别阶层的传统中国社会中，自居于"士"这一阶层的读书人，总是把自己的人生作为预备官僚来期许，但其中真正能进入实际执行社会管理工作的官僚阶层的人，按比例是少而又少。大多数读书人的失落感与孤独感正是来源于此，且绵绵不绝。梅花在这群文人中受到特别的喜爱，也就不足为奇了。

但是，梅花这种蔷薇科李属的植物实际上却是在初春开花的，至于在冬季最末的腊月开放的"蜡梅"，其实并不是梅花，而是蜡梅科蜡梅属的另一种植物。

梅花开花的时候，海棠、樱桃、梨花等早春花卉也都差不多同时开放，所以梅花"凌寒独自开""傲雪独放"等，不过是文人强加在梅花身上的文化价值，与其本性并没什么必然联系。

然而，就是这些虚拟的文化价值，譬如其寓意中的孤傲、不畏艰难、战胜环境、永远对未来怀抱希望等文人对于自我人格完成的向往，在皇权专制的传统中国社会中，不仅对读书人，几乎对所有的中国人都具有吸引力。

大约在北宋（960—1277年）时期，画梅花作为精神象征活动，开始在文人中渐渐流行起来。

十世纪以后，中国文人的自我意识得到了长足的发展，宋高宗（1127—1162年在位）时期，布衣画家杨无咎把取法自北宋初期华光和尚那种象征性的以墨笔画梅花的方法，改为墨线双钩画梅，其得文人嘉评，被推许为"老梅精"。有人把他画的梅花送给宋高宗看，看惯了宫本院体画梅的皇帝大不以为然，斥其所画为"村梅"。

杨无咎从此自嘲"奉敕村梅"，大概的意思是想说，我倒并不是有意要与在朝的衮衮诸公有所不同，只是皇帝定了这个差等，所以我也就姑且不同吧。

自此以后，绘画中宫梅、村梅的不同，也就约略地对应着在朝与在野、权贵与民间、豪富与贫贱的知识分子身份的差别。而文人画中的梅花，其形象已简化为几种笔墨符号，已经基本上看不出与自然界中生长的梅花有什么联系了。

不过,以上所说有关梅花的种种,大都是文人的意象、感受、幻想、白日梦等精神活动所致的结果,与现实中的梅花关系不大。

自然界中的梅花喜欢温暖的气候和潮湿而阳光充足的环境,一般不能经受零下15—20摄氏度的低温,而且对温度很敏感,当早春平均气温6—7摄氏度时,它就开花了,以年平均温度在16—23摄氏度的地区生长发育得最好。

梅花原产中国西南山区,以云南、四川为分布中心,至今在相当广阔的区域内仍有野梅生长。

梅是古代中国人最早驯化的植物之一。考古发现,至少在三千年前,古人就引种驯化野梅成为果梅,将其果实梅子用作食品调味剂。在古代文学作品中,梅子与盐一样,都是古人在祭祀、烹饪、社交馈赠活动中不可或缺的佳品。只把梅树的花作为观赏对象,则要晚到汉代以后了。

被园艺家引入庭园作为观赏植物栽培的梅花有许多变种,据说目前已多达三百多种。因为中国历史不仅悠长变迁也大,这些栽培种的观赏梅,往往由于各种原因，重又散布在自然环境中，且梅抗病虫害能力强，只要不经人为戕伐，多享高寿，所以世间常以"老梅"为尚。而梅树越老，花开越大且多，似乎也是对人间的一种回馈。

我的工作室玉山堂所在的灌口玉垒山，是岷江从横断山脉中忽然向东拐弯后，流入四川盆地所遇到的最后一座山峰，再往东去就是一马平川的成都平原了。玉山堂以西的重重群山，就是青藏高原最东边的边缘，这里也是梅花的原生中心区域。

在成都西边的山里住久了，发现有好几处值得一看的古梅。这些年复一年在早春时节怒放的梅花曾经目睹的历史，似乎已经淡出了现代中国人的记忆，但好在它们并不在乎这些人间的琐事，只有偶然遇见它们的我，反而会从内心生起难以言说的沧桑之感。

早就听说青城后山泰安寺有一株唐代的古梅。有一年正值梅开时节，我们专程进山去寻访。在一个冬天无人居住的院子中，梅花紧靠着石头砌成的味江堤岸，堤岸内就是从深山中流下来的凛冽溪水。梅花粗逾数尺的主干已在整修河岸时被人用土掩埋，露出地面的三枝大树干各粗约一尺，姿态夭娇横斜，望去好像是一片由三株古梅组成的梅林。这三株梅枝姿态各异，苍老健硕，直立者如高人独立，横卧一枝斜入江水，宛如渴骥奔泉，另一枝侧欹围栏，如侠士起舞长歌，姿态宛然入画。

这株古梅寿数未必能到唐，但到五六百年前的明代应该没有问题。梅是长寿树种，据记载有存活千年左右的。

从前杭州超山有宋梅二十株，传说是苏轼手植，但其中的最后一株于1933年枯死，我们已无缘得见。现存最古的梅花据说是昆明曹溪寺的元梅，已有七百多岁的高龄。

泰安寺这株古梅是结梅子的果梅，花小，单瓣，花蒂紫红，开花繁密。树下遍地是去年梅子落地腐烂后的果核，看样子当地人现在对梅子不太有兴趣。这种结梅子的果梅老树在青城后山味江两岸的山谷中随处皆有。

二十多年前我常在青城后山中避暑。山上农家的房舍全以木头修建，上盖小青瓦，建筑是古法的干栏结构，四围装木板墙，地板去地面一尺多高。虽在山沟中，室内却非常干爽，房屋仿佛能够呼吸，空气流通自然，人居其中十分自在舒服。后来改建新居后，大家都学城里人改用砖石水泥，室内反而潮湿闷热了。

山上凡有民居的地方，房前屋后必有古梅，因知当年山中居人，一定是种梅取果以佐蔬食。后来交通便利，山民不再用梅子调羹，遂任其自生自灭。泰安寺这株梅花因在路边，被游人有心者发现，遂在中国画家中哄传一时。其实后山山沟深处，此种古梅甚多，乃至凡有人家处，必有古梅花。如果有梅无人，那梅花的周围前后，必有前人留下的房基旧址。

从青城山再往南一点，有山名凤栖山，山上古木成林，几近千亩。山腰中有一处古村落，叫梅花寨。从梅花寨再往上行，有一座著名的光严禅院，因为其历史由来甚古，当地人径称为"古寺"。寺又分为上下两处，其间有陡峭的山道相连。

在下古寺中的右厢房背后，有一个僧人居住的二层木楼小院，小小的长方形院落中，一边植有一株古梅，另一边则是一株古紫薇。两株古树间隔一砖砌海棠形小池，古梅倾身探于池上，横斜虬结，高出二楼屋檐。梅树主干粗近两尺，苍苔如玉，蕨薇满身。花开时节，粉萼如霞，异香飘飘，满寺皆可鼻观。

这株古梅是老品宫粉，山野中极少见到，想是当年寺内僧人着意种植。花朵大而复瓣，紫蒂黄蕊，花瓣背面略沁粉红，花形极其娇媚。经植物学家研究，这株梅树至少有六百年树龄，推算起来，当为明朝初年所植。

古寺由来甚古，一千几百年间建了毁、毁了建，不知反复了多少次。明初那次重建，据说主事的悟空禅师是朱元璋的族叔，所以建得甚为宏丽。我到过好几处古庙，包括藏区的佛寺，都说是某代有住持与朱元璋是亲戚关系，不知是朱家本来亲戚多，还是出了家的和尚也想攀龙附凤，总之令人有点不敢轻信。但这凤栖山古寺中曾经藏有一部洪武南藏，这就令人不得不信了。

明朝开国皇帝朱元璋称帝的第五年（洪武五年，1372年），朝廷命令在南京蒋山寺开始点校大藏经，历时二十七年，至1398年（洪武三十一年）刻成，也称《洪武南藏》。

这部佛教大藏经素称点校严谨、刻工精良、卷帙浩繁，全藏经摺装六百七十八函，七千多卷。这部明初刻成的大藏经全部完成之后仅仅过了十年时间，南京蒋山寺就发生了火灾，所有的板片都毁于大火。自此以后，妙迹永绝，世间连知道曾经有过这部大书的人都不多了。

梅花蛱蝶　180×55cm　纸本　2009年

罗浮曾梦步莓苔，
山上玉梅花正开。
折得几枝下山路，
双双仙蝶送行来。

己丑春孟勺海楼理旧稿写此

陈滞冬

1934年，光严禅院古寺中收藏的这部天地间唯一的《洪武南藏》初印本被世人发现，引起一时轰动。民国年间的名人如于右任、林森等都先后不辞辛苦，专程跑到偏僻古寺中的藏经楼上，参观这部稀世珍宝。

这么大一部书刚刚印成不久，就从遥远的南京千里迢迢地被送到古寺中来，很有可能当时的当家和尚悟空禅师确实与明朝皇帝朱家有些亲戚关系。悟空和尚圆寂之后，他的肉身也就被供奉在古寺中，与那部稀世的古书共度寂寥的岁月。

旧时的寺院，多少都有一些庙产，用其收入来维持寺庙的日常开销。1949年政权鼎革之际，古寺的当家和尚因有寺产而被认定为是有产阶级。在1950年下半年至1951年春天四川地区的清匪反霸、减租退押运动中，当时的光严禅院住持灯宽法师出于无奈，或者也是佛家的智慧，连夜率领数十人以肩挑手提的方式，把寺中宝藏数百年、多达七千多卷的《洪武南藏》送到县政府，以抵减租退押之责。

也许是民国时期这部书的价值就被宣传得沸沸扬扬，很多人都了解其中的奥妙，当时崇庆县政府的人也不敢怠慢，赶紧联系了汽车，把这部人间奇书径直送入了四川省图书馆。从此,这部国宝级的世间孤本《洪武南藏》就成了四川省图书馆的镇馆之宝。

此后,僻处荒山野岭的光严禅院重又陷入了寂寥的时光之中。少有人光顾的古寺日渐荒落,没有了《洪武南藏》,悟空禅师的真身与很有可能是他手植的那株宫粉古梅形影相吊,无言以对。

十多年后,岁值丙午,忽一天喧嚣再起,狂暴的人群拥入寺中,放火烧毁了悟空禅师的真身,彻底摧毁了上古寺。可能是看到民国时重修大殿的下古寺太新了点,没有破坏的价值,寺里残存的和尚们才算勉强有个容身之处,没有流落街头。明清时代号称"西川第一天"的光严禅院,从此烟消云散,无复当年的香火,只有那株阅世六百多年的古梅,仍独自立在简陋的僧寮小院中,静观一切。

最近十多年来,每年春节前后,我总要找时间去古寺探访那株明梅。最近几年,我发现那古梅日见老迈,主干已被虫蚀所朽,苍苔满身,石斛、蕨草寄生其上。前年又去,则上半主枝已经朽坏被截去,剩下的老干以木棍支撑,然新枝丛丛自老干周围长出,挺然而上,花开累累。尤为可叹者,则是越到近年,其花越是娇艳,重叠而多皱褶的花瓣若雪白的蝉翼沁染淡淡胭脂，把娇黄的花蕊衬得愈发的明艳，真是不可多得的梅品。回头看外面庭院中新植的朱砂、紫蒂白、胭脂晕诸种新梅，觉得简直俗不可耐。

今年因疫情的原因，没能去古寺探梅。听去过的朋友回来说，今年的古梅花少而色淡，可能精力又不及去年了。

佛家素来有三宝之说，古寺光严禅院据说也有三宝，但究属哪三种，各说不一。

以我看来，佛家的三宝还是以佛、法、僧为正。古寺的三宝，第一当是悟空禅师，若无此僧，此寺不得复兴，如今禅师真身重归空寂，对他来说未必不是真正的彻底解脱。其二是《洪武南藏》，这部正法眼藏如今归藏四川省图书馆，在日益现代化的中国，可能也应是最好的归宿。其三就是这株明梅，这历劫而来生生不息的生命，也许正是佛的象征。

如果我明年再去看它，它已经不在那僧院中，我也丝毫不会诧异。因为按佛教的末法时代说来，不可知的幻化正多。或许我若再去看它，却见它繁花正盛，恰如王守仁所说：你未看此花时，此花与汝心同归于寂；

你来看此花时,此花颜色一时明白起来。我辈凡人的智慧,恐怕实在不容易参透大自然的玄机。

后 记

予居家无聊，检点形骸。自思习画五十余年，所画除山水、人物之外，独喜画花卉虫鸟，其间必有不能已于情者，究何故耶？

山水画者，将志其大，当端肃正心，始得从事；人物画者，以观其众，固谨小慎微，始能葳事。唯花卉虫鸟，为物既微，为艺亦渺焉小者。古人云"喜画梅，怒画竹"，盖喜怒由人，不拘律令，故含毫吮笔之时，则情随事迁；能得心应手之际，每神融意畅。因能爱好之而不厌，数十年而弗替也。

2020年初，瘟病忽炽，予闭门不出，以画自遣，亦聊自慰尔。未及一月，得花卉扇画二十二帧。每调铅沥粉、雕青嵌绿之际，思如梦幻，上天入地，去来古今。乃援笔追之，率尔成文。原拟一花一文，错杂成章。才得十篇，姜淮君自京来蓉，约撰《中国艺术史》。于是戛然搁笔，止此十篇。

命名《闲花草》，非谓所记皆野草闲花。予避疫闲居，息交绝游，"家中何所有？春草渐看长"。小园中春草自绿，春花自放，燠寒隆替，阴阳惨舒，人世的辛苦，花草自是不屑一顾。只是看到它们欣欣然生存，一则以慰，一则以愧。慰者世间万物自是生生不息；愧者唯人之罣碍独多。闲中所写之文，犹园中闲生之花草，自有其生意在焉。

花鸟画之要在一趣字，写花鸟画之文更在一趣字。趣者，生生之机也。唯闲者能得自然之趣。予何时能复得闲暇，当续写《闲花草》。自十一篇至二十二篇，二十二篇以至于无量数篇，以自然之花草固生生不息，而予之文亦将沾沛生生之机乎？

陈滞冬

2024年4月19日，今日谷雨